Shū & Taiga
「君が幸いと呼ぶ時間」

「……どうした」
不審に思って早足で後ろから居間を覗いて、
大河も息を飲んで絶句した。
明信がばたばたと朝飼の支度をしている
飯台には、髪を眩しいばかりの金髪にした
勇太と丈が、ふて腐れて煙草を食んでいる。
（「君が幸いと呼ぶ時間」P.168より）

Chara

君が幸いと呼ぶ時間

毎日晴天！9

菅野　彰

キャラ文庫

この作品はフィクションです。
実在の人物・団体・事件などにはいっさい関係ありません。

目次

口絵・本文イラスト／二宮悦巳

君が幸いと呼ぶ時間

存外、一度目より長く空いてからの二度目の方がタイミングを選ぶのは難しい。

そのことに帯刀《おびなた》家の長男兼家長の大河《たいが》が気づいたのは、夏の角館《かくのだて》から帰って三カ月近くも経《た》った秋口の晩だった。三男の丈《じょう》は次男明信《あきのぶ》の恋人花屋の龍《りゅう》が見合いをするつもりだと言い出し珍しくも塞《ふさ》ぎ込み、明信はその誤解が解けても塞ぎ込み、そうかと思えば末っ子真弓《まゆみ》が突然進路に悩み出し、SF雑誌編集の仕事も夏の増刊だ夏休みフェアだと忙しく。

そうこうしているうちに、出会ってから十一年目にしてようやく恋人で同居人で担当作家の阿蘇芳《あすおう》秀《しゅう》と一線を越えた川辺の夜から、あっと言う間に三カ月が過ぎようとしていたのだ。

「……これは大問題だ」

一仕事上げてはたとそのことに気がつき、過ぎた月日を居間のテレビのプロ野球ニュースの前で指折り数えた大河は独りごちて立ち上がった。秋の夜も更けセ・リーグの結果もほとんど見えて、一階にはもう縁側に飼い犬のバースがいるだけだ。受験を控えている真弓は、毎日バイトに忙しい勇太《ゆうた》とともに二階右手の部屋に上がっているし、花屋の手伝いに行ったまま明信は帰らない。ボクシングの試合が近い丈はもう寝ていることだろう。

このまま時が過ぎ行くのを手を拱《こまね》いて見ていると、何も無かったようになってしまうかもしれない。だいたいあのときのことはまた話が別だという気もする。それは大河もわかっているが、それとこれとは話が別だった。心穏やかに暮らすのもいいが、たまには深い愛を確かめ合わなくては。

と、心の中で大河はあれこれ言い訳していたが、仕事が明けてただやりたくなっただけかもしれない。そういうことも正常な成人男性には間々あるだろう。

だが恋人はあまり正常な成人男性とは言い難い一面があるので、大河もストレートに出られない。

「しかしなんて言やいいんだ一体」

居間と廊下を隔てる鴨居《かもい》に右手を掛けて、立ち止まって大河は揺れた。

「高校生か俺は」

自分があまりにも子どもじみたことで悩んでいることに気づき、また揺れる。

「いや、高校のときはもっと意気地がなかったよな」

だが高校三年間好きだった割りにキス一つしかしなかった彼《か》の人のことを思うと、進歩だとも言えた。

「……相手が悪いんだ、相手が」

彼の人というのはもちろん、この廊下に出てすぐ右手の襖《ふすま》の向こうにいる現在の恋人のことである。

「何も言わない方がいいか」

色々策を講じても甲斐《かい》なき相手だということは思い知っている。それ以前に自分自身が全く策を講じたりできるようなタイプではないことは、己のことなので大河は気づいていない。

「言わないでわかるような相手じゃなし……」

この進展の無さの責任を全《すべ》て恋人に負わせて、大河は取り敢《あ》えず鴨居から手を放した。

ならば、さあ、と言って勢いよくその襖を大河が開けられるかと言えば、そんなことができるような人間なら一線を越えるのに十一年もかかったりしないのでできない。

「毎日毎日顔を合わせてると、逆に恥ずかしいもんなんだな」

キス一つするのにも踏ん切りがいる理由が思い当たって、じゃあ二階の勇太と真弓はなんなんだと考える余裕もなく大河は廊下の壁に肩で寄りかかった。

二階の高校生ほど元気なお年頃でもないので、大河自身もその気恥ずかしさに負けてまあ今日はいいかという心境になりがちだ。だがそうすれば段々と恥ずかしさが恋心に打ち勝つようになり、既に家族同然の恋人との仲が縁側の老夫婦のようになりかねない。

「……いつの間にかかなりの危機的状況を迎えてるぞ。おい」

問題は恋人が多分それでもいいのだろうところにあって、そうなると大河もそれでいいような気がして来てしまったが、まだ充分に若いと言えるはずの男としていい訳がない。

「独り言はこんぐらいにしておかねえとな」

自分を諫《いさ》め壁を離れて、大河は秀の部屋の前に立った。

だが戸を叩《たた》こうとした手は大河の意志に従わず途中で止まり、溜息《ためいき》とともに体ごとその襖に背を向けることになる。

「あんまりはしょってもな。随分間が空いちまってるし」

家の中よりは外の方がいいに決まってるだろうと思い直して、大河は秀の向かいの己の部屋の襖を開けた。

「……デートにでも誘うか」

今日はそこまで考えたところで立派だったと思い大河は寝ることにしたが、部屋の中では予想外の人物が、その独り言を聞いて目を剝《む》いている。

「なんなんだよ兄貴その独り言」

右手に雑誌を摑《つか》んでまさに立ち上がらんとしていた丈は、聞かなかった振りなど思いもつかないのか驚愕《きょうがく》を露《あらわ》にした。

「なんで居るんだよおまえは……」

「新しい週刊誌貰《もら》って来たから勝手に部屋から取ってけとか言っただろ、自分で」

言いながら丈は一番上の兄のそんな独り言を聞いてしまって居たたまれないのか、耳まで赤くなって兄をさらに居たたまれなくさせる。

「丈……何も言わずに死んでくれ」

覚えず呟《つぶや》いてしまった「デート」、という単語自体がとてつもない羞恥《しゅうち》を大河に覚えさせ、兄は前後の見境もなく弟の首を絞めにかかった。

「んが……っ、何すんだよ兄貴……!!」

不意をつかれた丈はウエイトの差を振るわせることができず、畳に倒れてもがき苦しむ。

「放せって……っ、なんでこんな馬鹿馬鹿しいことで殺されなきゃなんねえんだよ！　……あっ、わかった!!」

「……何騒いでるの？」

「誰か他の人の話なんだな!?　浮気だな!?　疚《やま》しいんだな!?」

十一年に亘《わた》る兄の愚鈍な恋の繊細な悩みなど理解するはずもなく、丈が大河を指さして思いきり叫んだ瞬間、間が悪くも隣の部屋から愚鈍な恋の相手が、夜に相応《ふさわ》しくない音に気づいて顔を出した。

いきなり浮気だなどと言われたところに秀が現れて、呆然《ぼうぜん》と立ち尽くした大河は弟を殺し損なったことを心から後悔するほかない。

「丈……っ、おまえ！」

「秀！　兄貴誰かをデートに誘うつもりだぞ!?」

首を絞められた腹いせに丈は兄の恋人に告げ口して、漫画を摑んで二階に駆け上がって行ってしまった。

「丈……っ、てめぶっ殺す！」

追って行こうとした大河の肘《ひじ》に、そっと、冷たい秀の指がかかる。

「……浮気?」

凍るほど静かな瞳静かな声で秀に尋ねられた途端、今までうるさかった部屋がしんとした。

「ちっ、がっ、う!!」

その静けさを掻《か》き消すように、力いっぱい大河が言い返す。

「大河は浮気とかしないタイプだと思ってた……」

しかし秀は大河の言い分を聞かず、襖に額を押し付けて独りで勝手に落ち込んでいた。

「独り言を聞かれただけだ!!」

秀の肩を揺すって、こっちを見ろと大河が自分を指す。

「疚しい浮気の?」

「デートにでも誘うかなって、俺はそう言っただけだ」

「誰を?」

気恥ずかしさに歯嚙《はが》みして耐えながら告白した大河に、訝《いぶか》しげに秀は聞き返した。

目を見開いて今度は大河が、襖に額を打ち付ける。

「……おまえをだよ」

他に誰がいるんだと怒鳴りたいのを堪えて、大河はそれでも恥じ入りながら答えた。

「なんで?」

きょとんとして、秀はさらに追い打ちをかける。

「だって君が仕事に出掛けてるとき以外はほとんど一緒じゃない」

「……おまえはそういうやつだよ」

勝手に倦怠期《けんたい》に入られた夫はきっとこういう気持ちだと、やり切れなさに膝《ひざ》をつきそうになりながらも大河は襖に手をついて秀を振り返った。

「そりゃ一緒だけど、家に居たら誰かしらいるだろ？」

「うん……何よりじゃない。みんな居て」

「最近家の中も恙無《つつがな》いし」

意味を介さずに首を傾けたままでいる秀に溜息をついて、大河が腕組みをして背を襖に預ける。

「……もうちょっと、二人の時間とかいうものが欲しいと」

だが言い立てると気恥ずかしさに押し切られて口を噤《つぐ》みそうになったが、押して大河は俯《うつむ》きながらも言った。

「思っただけだ」

実際のところはそれ「だけ」ではない。

しかしそう言うのが精々で、しかもたったそれだけのことを言うのに大河は顔を上げられない。

腕を組んだまま反応のない秀を見ると、一見無表情のままそこに立ち尽くしていた。だが僅《わず》かな秀の頰《ほお》の綻《ほころ》びを見つけて、自分はこんなに恥ずかしさを全身で体現しているのにとやり切れず大河が眉根《まゆね》を寄せる。

「……今、おまえ」

だから大河は腹いせのつもりで、口を開いた。

「すげえ嬉《うれ》しいって思ってんだろ」

「？　……うん。見たらわかるだろ？」

何を言うのかと秀が、恥じらって見せる。

「その感情の揺れを解読するのに都合十年はかかったな俺……」

少なくとも二年以上前の自分ならまるで気づかなかっただろう秀の「喜」に、大河は大きく苦い息をついた。

「え？」

秀は大河が何を言っているのかまるで理解せず、首を傾《かし》げている。

「今おまえの中では全開で笑ったつもりなんだろ」

前々からいつか言ってやろうと思っていたそのことを、恥ずかしさの八つ当たりで大河は今皆まで口に出すことにした。

「笑ったよ？」

だから何を言うのかと、秀はますます首を傾ける。表情に変化はないが本人は微笑《ほほえ》んだつもりだ。

「実際には口の端がちっと上がっただけだぞ」

口角を指して言った大河に、秀は目を見開いた、つもりのようだった。

「……どういうこと？」

「いい加減自覚しとけ。誰が見たっておまえが今さっきすげえ嬉しかったってことはわかんねえんだよ」

「うそ」

「本当に……全く無自覚なのか？」

いつもの涼しい顔で即座に言った秀に、まさかそこまで無自覚だとは思わず大河の方が目を丸くした。

「うそお」

「……それはなんか表情をつけてみたつもりなのか」

真弓のように語尾を伸ばした秀に呆《あき》れて、大河が顳顬《こめかみ》を押さえる。

「まず間違いなく誰にもわかんねーよ。わかるのは十年付き合った人間ぐらい……つまり地上で俺ただ一人だな」

人差し指を立てて宣言した大河に、秀の黒目が少し濃くなった。

「覚えとけバカ」

照れ隠しのつもりが余計に恥ずかしいことを告げた結果になったことに気づいて、言い捨てて大河が部屋に入る。

「うそお……」

閉めた襖の向こうで、もう一度秀が呟くのが夜の廊下に響いた。

大河は後々この恥ずかしい惚気《のろけ》の域に入るだろう暴言のお陰で深い後悔を強いられるのだが、後から悔やんでこその後悔なので、このときはまだちょっとした事件が既に始まっていることを知る由もなかった。


「なんなの秀《しゅう》。その仏様みたいな微笑み」

少し冷え込んで来た朝の食卓で、二服目の茶をそれぞれの湯呑《ゆの》みに足していた秀に、単語帳を鞄《かばん》にしまいながら真弓《まゆみ》が尋ねた。

「練習」

あらかた済んだ皿を重ねて、秀がさらに無理に口の端を上げる。

「なんの？」

「豊かな表情の」

無邪気に問い返した真弓は微笑みとともに返された言葉に、失礼にも無邪気にも吹き出してしまった。

その横では食後の煙草《たばこ》を嚙んでいた勇太《ゆうた》が煙に噎《む》せ、のんびりと茶を飲んでいた明信《あきのぶ》がやはり咳《せ》き込む。

「……だって大河《たいが》が、僕の表情がわかりにくくて、ちゃんとわかるのは地球に大河一人ぐらいだって言うんだもん」

三人のリアクションの意味がわからず、少し口を尖《とが》らせて秀は訳を語った。

当の大河はまだ起きてこず、丈《じょう》は新聞のスポーツ欄に突っ伏して寝ている。

「すっごい自信だね大河兄。あきれた」

「……あれ？　ちょっとニュアンス変わっちゃったかも」

そういうことが訴えたかった訳ではない秀が、真弓の切り返しに話を見失う。本当は秀は、わからなくなんかないという答えを期待していたのだが誰もそんなことを言う気配は見せなかった。

「時々は真弓だってわかるよー？」

「……時々？」

その時々という真弓の言葉が釈然とせず、秀が割烹着《かっぽうぎ》の裾《すそ》をいじりながら問い返す。

「うん、わかるつもりだけど。でもたまーに大河兄が、言うときあるじゃない。秀に。そうか嬉しいか、よーしよかったなーよしよしって、バースと話してんじゃないんだからさみたいなこと。ああいうときは、あ、嬉しかったんだ今って。ちょっと驚く」

「……え？」

それは一体どういう意味なのかと秀は目を丸くしたが、今がまさにそのときなのか真弓は気づこうとしなかった。

「僕は結構……わかる気がするけど」

秀の動揺に気づいたのか、曖昧《あいまい》に自信なさげに明信が微笑む。ただの慰めだということはありありだ。

「俺は四年かかったで。丸四年」

半眼で勇太は、衝撃的な数字とともに縁起の悪い四本の指を秀に突き付けて見せる。

「今でもちょおわからんときあるけどな、何考えとるんやこいつて」

立てた膝に肘をついて、勇太は何処《どこ》か忌《い》ま忌《い》ましげに煙草に火をつけた。

「うそお」

「それ表情豊かにしたつもり？」

豊かにしたつもりの秀に、真弓が昨夜の大河と同じことを言って寄越す。

「でも慣れたから。もうほとんど心の目で見てるし、口の端がちょっと上がっただけだって秀の中では『破顔』ぐらいの気持ちだってことはちゃんとわかってるよ。それは最初は変な人だなーって思ったけどお」

大丈夫だよ、と真弓は笑った。

ほんの少しだけ、秀の表情が曇った。

本当に誰も気づかないくらいの微《かす》かな陰りに、けれど因となる言葉を放った真弓がはたと気づく。

「あ、ごめん。もしかしてすごく傷ついた？　ええと、ホントに最初だけだよ。変だなんて思ったの」

「え、気にしてないよ。やだな」

本気で済まながって真弓が言葉を重ねるのに、慌てて秀がそんなつもりではないと大きく謝った。

「……んあ？　なんの話だ？」

目を覚ました丈が、朝から皆が何か楽しそうな話をしていると勘違いして身を乗り出す。

「秀の表情が読みにくいって話。秀が心外そうだからさ」

「シンガイ？」

意味がわからないと、丈はそこを問い返した。

「なんか自覚ないみたいだよ、秀。自分が無表情なの」

「うそっ、マジ⁉」

それで目が覚めたと言わんばかりの勢いで、丈が目を剝いて絶叫する。

「秀、これが表情豊かということ」

「丈みたいに考えてること全部額に浮き出るのも、珍しいとは思うけど」

丈を指さした真弓に、明信が苦笑して解説を加えた。

「うそマジって……丈くん、僕が何考えてるか、全然わからない？」

まだ驚いている丈ににじり寄って、秀が気持ちを読み取ってもらおうとじっとその目を覗《のぞ》き込む。

「……え？　あ？」

何故だか後ずさって、丈は困り果てたように首を振った。

「……そ、そんな、オレ困るぜそんな目で見つめられても……だいたい兄貴の恋人だし、つうかオレは絶対女の子と付き合うつもりだから‼」

何を勘違いしてか慌てふためいた丈の後ろ頭を、ようやく起きて来た寝起きの機嫌最悪の兄が無言で蹴《け》る。

そのまま声を発するのも面倒だというように、大河は転がった丈をさらに踏んで無情に蹴り続けた。

「兄貴……っ、だって秀がオレに色目を……!!」

「い、色目?」

呆然と秀が、一方的な朝の兄弟喧嘩《げんか》に問いかける。

「で、秀は今何を考えてたのを丈兄にわかってもらおうとしたの?」

「あんなんでわかって欲しい言うんやったらエスパーでも呼んで来いや」

そのわかりにくい表情の主と六年も二人きりで暮らした勇太がそのことを恨みに思っていないはずもなく、苦々しく毒を吐いた。

「今初めて自分が表情薄いってことを知ったの? 秀さん、本当に? ……そんな驚くべきときにも、そんな立派な無表情で」

自覚がなかったと思えば気の毒な気もして、明信が同情を露に溜息をつく。

「今僕的には……ムンクの叫びがヒンズースクワットしてるぐらいの衝撃を体現してる感じなんだけど……」

「……表現までわかりにくい」

飯台に頬杖《ほおづえ》をついて、真弓は秀の言い分を却下して首を振った。

項《うなじ》を落として、卍《まんじ》がためでフィニッシュを迎えた兄弟喧嘩の横に膝をついて秀が落ち込んで見せる。

「でも言われて見れば……よく見るといつもよりちょっと瞳孔が閉じてる気がする」

その顔を覗き込んで、読み取ってやろうと真弓は秀の瞳を見つめた。

「瞳孔？　そう言えば人間は好意を持ってるものを見たりするとき無意識に瞳孔が拡大するっていうけど……よく肉眼で確認できるねまゆたん」

一緒に覗いて、自分にはわからないと明信が首を振る。

「黒目が少なくなってるじゃん、ほら」

顔を上げた秀の目を、お行儀悪く真弓は指さした。

「そんなことで判断しなきゃなんないんなら僕には厳しいなあ。目が悪いから」

眼鏡を掛け直して、じっと明信が指された先を見つめる。

「感じを摑めば簡単だよ。瞳孔の輪郭とかじゃなくて、黒目の比率を感覚で摑むの。秀、見て見て。大河兄のこと見て」

卍がためを決めている長男を、見るように真弓は秀に手を振った。

「いてっ、いてーっつの兄貴！　オレは無実だ……っ」

畳を叩いて暴れる丈の上でまだ少し寝ぼけている大河のだらしない朝の姿を、ぼんやりと秀が眺める。

「あ、黒っぽくなった」

「ね。その黒の濃度で判断すればいいよわかんないときは」

ぽんと手を叩いた明信に、真弓が頷《うなず》いた。

二人の会話にいい加減ショックを受けて、秀がそっと肩を落とす。

「あ、拗《す》ねちゃった。しゅ、秀さんっ、冗談ですよ！　冗談!!　本当は僕八割ぐらいはわかってるから、多分！」

「そうだよっ、うちに来たばっかのときより全然表情豊かになってるし！　って言っても普通の人の半分以下ぐらいだけど、その上もしかしたら俺たちの読み取り能力がアップしてるだけかもしんないけど……でも一目でわかるよ拗ねたの！　拗ねないでよー、ねーってばー」

慌てて明信と真弓は、両側から秀の腕を取った。

二人に両手で腕に絡まれ身動きが取れないまま、それでも秀が小さくはにかむ。

ようやく丈を技から解いた大河が、呆れて秀の頭を軽く撫《な》でるようにはたいた。

顔を上げて、飯台の前に座った大河に秀が微笑む。

「……なんや今の」

少々動物めいたやり取りの意味がわからず、勇太は訝しそうに顔を顰《しか》めた。

「だから今のがよーし取ってこーい……じゃなくて、よーしよーしよかったなー。嬉しいワン。……というやり取りなんだよ勇太」

何度か見ているうちにそれを確信していた真弓が語り、わかってはいたが口には出したくなかった明信が頷く。

「バースの方が感情表現わかりやすいって絶対……」

卍がための衝撃から立ち直れないまま畳に伏して、丈は縁側の老犬バースを振り返った。

少し伸び過ぎた前髪の隙間《すきま》から、秀が本人的には不満を露に皆を見る。

「あ、ちょっと秀が怒った！」

「怒ったのか？」

「ホントだ……黒目がちっちゃくなってる」

「そんなコツがあるんやったら最初に言うとけや」

真弓に丈に明信に勇太、バースまでもが身を乗り出して秀の黒目を覗いた。

「正解でしょ！　ね!!　怒んないでよ秀」

「バースの方がわかりやすいのはホントなんだからよ」

「だから本当のことなら何言ってもいい訳じゃないんだってば、丈」

「明信……なんやかんや言うて止め刺しとるんはいつもおまえやんけ」

溜息をついた勇太に明信が仰天して、今度はそこが一頻《ひとしき》り揉《も》める。

そっと、音もなく秀は食器を抱えてお勝手に移ってしまった。

「……あれ？　ホントに怒っちゃった？」

明信を庇《かば》う丈と勇太が揉める合間から這《は》い出て、真弓が少し心配げに台所を覗く。三人も争う手を止め、秀の方を向いた。

「照れたんだろ」

新聞を広げながら、生あくびをして大河が教える。

「なんで」

尋ねた真弓に、大河は新聞から顔を上げずに腹を掻いた。

「拗ねたり怒ったりしたのを気づいてもらった上に、寄ってたかって宥《なだ》め賺《すか》してもらったからら」

「正解」

長く説明した大河の言葉に、台所から小さく秀の声が返る。

感心するよりやはり四人は呆れて、首を振ってそれぞれ出掛ける支度を始めた。

竜頭《りゅうず》町商店街は花屋の向かい寿司屋の隣、本屋の軒下で秀《しゅう》はぼんやりとその壁を眺めていた。

「何見てんだ？　先生」

実は少し前からそこに秀がいることには気づいていた花屋の店主龍《りゅう》が、もうかれこれ三十分にもなるので見かねて背後から声をかける。

「……龍さん、こんにちは」

見つめていた壁の張り紙からようやく目を離して、買い物袋を下げた姿で秀は龍を振り返った。

「根が生えちまうよ、いつまでもそんなとこに突っ立ってたら。仏壇に花、持ってってくれよ。良かったら」

「ありがとうございます……今日は明《あき》ちゃんはまだですか？」

店に入り龍に椅子を勧められ、秋の心地よい日差しを浴びながら秀が仏壇花の中に腰を下ろす。

「そろそろだろ。なんなら茶でも飲んで行きなよ」

秀を座らせたものの間が持たず茶をいれようとして、龍はいつからああいう年寄りになるのかと子どものころから不思議だった軒先に縁台を出して座っている翁《おきな》への道を、自分が今思いがけず踏み出してしまったことに気づいた。

「なるほど……こういう生まれながらにして年寄りみたいな人が手伝ってくれてじじいになるんだな」

「何か言いました？」

溜息をついた龍に、秀は花を眺めて暢気《のんき》にくつろいでいる。

「いや何も。あー……今日は日和がいいねえ、先生。最近家の方はどうだい」

他に話題がないので会話まで年寄りじみてきたとやり切れなくなりながら、龍は秀に花と茶を手渡して手近な椅子に座った。

「相変わらずですよ」

「いや、それが何より。勇太《ゆうた》は」

「最近すっかり真面目《まじめ》です。怖いぐらいに」

「そう……ええと」

「龍さん、ちょっと聞いていいですか？」

さて次は何を聞いたもんかと落ち着かない龍を余所《よそ》に、秀は自分のペースで会話を続ける。

「なんでも。なんなりと」

「僕が今何考えてるかわかります？」

じっと、龍の顔を覗き込んで秀は尋ねた。

そもそもそんな聞き方をするのがどうかしていると、そんなことがわかっているような人間ならば、もちろんこんなことをいきなり聞いたりしない。

「……奥さん。いくら俺が昼下がりの花屋だからって、いくらなんでもコレの兄貴のコレとそんな真似する訳にはいきませんよ」

小指を二度立てて龍は、メロドラマよろしく張った声を落として言った。

「……本当にそんな風に見えるんですか？」

「冗談ですけど、昼間っからそんな風にじっと人を見ちゃ駄目だよ先生。先生黒目が多いから」


不審げに眉根を寄せた秀に、コロッと口調を変えて龍が手を振る。

しんと場は静まって、いよいよやり過ごせず龍は煙草を嚙んだ。

実のところ龍は、秀が少々苦手であった。何故ならそれは何を考えているかさっぱりわからないからにほかならない。なので自分の方が年上なのに、おかしな緊張感から龍は秀に対して時々敬語にさえなってしまう。

「黒目？　どうしてみんな黒目だの白目だので人を……」

さっぱりわからないと秀は頭を抱えたが、その苦悩は龍には少しも伝わらなかった。

「あ、珍しい組み合わせ」

そこへ、龍には救いの学校帰りの明信《あきのぶ》の声が、店の外からかけられる。

「明ちゃん……僕今まで諸手を挙げて賛成して来たつもりだけど」

おかえりも言わずに秀は、ふっと白い面を明信に向けた。

「この花屋さんちょっと」

「冗談だってば先生！　揶揄《からか》われたから揶揄い返しただけですよ!!」

何を言い出すつもりなのかなどもちろん想像もつかず、大慌てで龍が秀を遮《さえぎ》る。

「……揶揄った？」

何の話だと、秀は眉間《みけん》を寄せて龍を見上げた。

「僕がですか？」

「え？　違うのか？」

「僕は真面目に……」

そんなに自分は何を考えているのかわかりにくいかと家族ではない第三者に聞きたかっただけなのだが、既にさっぱりわからないのだという結論が出てしまっていることに、はたと秀も気づく。

そんなに感情の発露が激しい方でないことは自覚していたが、それでも細かい喜怒哀楽がさっくり無視されることを前々から疑問には思っていたがすっかり謎が解けて、それなりに衝撃を受けて秀は落ち込んだ。いちいち全部拾ってくれるのは大河《たいが》ぐらいのものだ。もしかすると本当に、地球で大河ただ一人なのかもしれない。

「い、いいじゃない秀さん！　大河兄がぜーんぶちゃんとみんなわかってるんだから。ね!?」

さすがに秀の落ち込みの全てを理解して、エプロンを着けかけていた明信は慌ててすっかり丸くなっている秀の背を両手で摩《さす》った。

「後はもう誰に伝わらなくたって、そ、それが秀さんの個性な訳だし！　僕たちは大河兄の半分……くらいは多分わかってるし、わかんなかったら大河兄に聞くから!!」

必死で慰めにかかる明信に、秀が顔を上げる。

何が起こったのかさっぱりわからず、呆然と龍は乾いた煙草を噛んでいた。

「……うん」

明信に背を摩られながら、いつからか自分がある変化の中にいることに、ふと、秀は気づいた。

以前なら別にこんなことは秀にとってはたいしたことではなかった。喜びも悲しみも全て自分一人のもので、誰かに気づいてもらう必要などなかったのだ。ずっと長いこと。

それでは駄目だと言って秀の肩を揺らした大河が、今は小さく伝えようとするそれらの全てを、漏らさぬように見ていて、わかってくれる。

「そうだね、明ちゃん」

いつからと考えればはっきりとその朝のことが思い出せた。ぼんやりと季節が一つ過ぎてしまったけれど、気づいてしまえばその変化に秀は、何もかも脱ぎ替えたような思いがし始める。

「秀……さん？」

問われて顔を上げながら、秀はただ笑んだ。

ずっと足を引くように気持ちにいつもかかっていた枷《かせ》を一つ、捨ててしまおうと秀はこのとき決めたのだけれど、それはもちろん明信には伝わらない。

ただ兄の恋人が強く目につくいつもより大きな幸いを食《は》み返しているのだということが、明信にも見えて。

「あら、随分と嬉しそうで」

隣で眺めていた龍にもそれはわかったのか、煙草に火をつけて肩を竦《すく》めた。

「龍ちゃんにもわかるんだ」

そのあからさまな秀の幸いを我が兄が齎《もたら》したかと思うとやはり少し気恥ずかしく、明信が照れ隠しに口を開く。

「うちのポチにたまに肉屋で貰った骨とかやったときに感じが似てる。耳と尻尾《しっぽ》が立ってるみたいな」

「秀さんには耳も尻尾もないよ……」

「わかった、目だな。黒目のうちっかわの輪っかが広がったんだ」

ポンと手を叩いて、龍は今何故自分がそのことに気づいたのか訳を語った。

「……あ、また拗ねちゃった……」

耳と尻尾が垂れたようになる秀に、もう手立てなしと明信が龍を睨《にら》む。

「お、奥さん！　仏壇以外にも花はどうだ。秋は竜胆《りんどう》がきれいだよ、まあ奥さんの前じゃ花も色あせるが……」

「……いただきます花屋さん」

二人があまり嚙み合わない人間同士だと気づいた明信はもう何も口を挟まず、自宅の居間に飾られるのだろう花を水揚げした。

「俺がやる、俺が」

いつまでも秀と向き合っていられない龍が、椅子を立って水場に明信と並ぶ。

花を切り出した龍の手元を見つめて、ふと、黒目だの白目だのであからさまに人に感情を読まれたりするのが当たり前のことなのだろうかと、明信は気になった。

「龍ちゃん」

じっと、龍を見上げて明信が控えめに問いかける。

「僕も黒目っぽくなる?」

遠慮がちに、恥じ入って明信は聞いた。

鋏《はさみ》を持つ手を止めて、訝しげに龍は明信を見ている。

「骨が欲しいのか?」

「……もういい」

最初から今一つ自分の店で何が語られているのかをわかっていなかった龍に不審そうに問われて、明信は大きく溜息をついた。

「はい、秀さんこのまま花瓶《かびん》に挿して」

仏壇用の花とは少し色合いの違う花を龍から受け取って、いつもよりずっとぼんやりしている秀に明信が手渡す。

「ありがとう」

あたたかい色調は誰の目にも幸福の象徴のように映って、抱えた花の向こうで秀は笑った。

「でも、もう少しこのお花お水につけておいてくれる?」

「帰らないの?」

ふとその花を戻され、帰るところではなかったのかと明信が問う。

「用事の途中だった」

忘れていた、と肩を竦めて、秀はさっきまで張り紙の前で立ち尽くしていた向かいの本屋を振り返った。


恋人が花屋と危うく不倫未遂をしているころ、大河《たいが》は仕事場で上司に恐るべき予言を言い渡されんとしていた。

「これ予言だけどね」

わざわざ前置きして、編集長は疲れ切った顔でデスクから言った。

「次は落とすよ、あの人」

少し遅い昼を机の上で取っていた大河は、その衝撃的予言に茶を吹いた。

「あの人って……」

随分考えたが他のどの人も残念ながら思い当たらず、震えて大河が編集長を振り返る。

「その、とてもご丁寧なお弁当作ってらっしゃる、もはや半分作家やめてる先生のことだよ」

店屋物の親子丼に付いて来た箸《はし》で、編集長は大河の二段になっている弁当箱を指した。

「まあ次というのは大袈裟《おおげさ》にしてもね。君もなんか感じてはいるんじゃないの？」

問われて、家庭内雑事に気を囚《とら》われて自分が全くそんなことに気づいていなかったことを、大河は思い知ったが口には出せない。

「ああ……まだ見たことないか、帯刀《おびなた》は。書かなくなる人」

「書かなくなる人？」

「そう。何年か、あるいは何冊かは作家として書いててもね。ぱったり書かなくなっちゃう人っているんだよ、たまに」

話には聞いたことがあるがまだ大河は遭遇したことのない話を、編集長は聞かせた。

「必要なくなっちゃうんだろうねえ」

何とも言いようがないという声で、しみじみと編集長が溜息をつく。

「そういうタイプじゃないと思ってたんだけどね。あの人は」

当てが外れたと頬杖をついて、編集長は箸を置いた。

そんなことはないと大河は反論しようと思ったが、何故だか何一つ編集長の意見を否定する言葉が出て来ない。思えば、不意に訪れた家の中の平穏と二人の仲の平穏に心を奪われて気にかけもしなかったが、つい先日秀《しゅう》は予定外に早く今の連載を終えた。納得の行く内容ではなかった上に、繋《つな》ぎに書かせた読み切りは以前没になった話の焼き直しになり、新しく始まる連載の案はタイトルさえ出ていない。

「君のとこの話を漏れ聞くと、阿蘇芳《あすおう》先生つまりは楽しく主婦の仕事してる訳でしょ？　もう時間の問題だよ。新連載の広告打つ前にいっぺん話し合っておいて」

「……静かに、怒ってますね」

らしくない彼の冷ややかな声に、明らかに自分が責められていることに大河は気づいた。

「君のその美しい弁当を見ると、ことにね」

示された弁当の蓋《ふた》を音を立てて閉めて、食事も中途に大河が立ち上がる。

「責任取って新しい人材探しに行くの？」

「話し合って来ます。今すぐ」

言われるまでこの切迫した状況に気づきもしなかった己を叱咤《しった》しながら、取るものも取りあえず大河は編集部を出た。背後に、「もうあきらめた方がいい」、という編集長の呟きが聞こえる。

既に彼があきらめていることを知って余計に焦りながら、大河はエレベーターのボタンを忙《せわ》しなく押した。

「幸せボケにも程があったな……」

浅草《あさくさ》までタクシーを飛ばして電車に飛び乗り、まだ日の高い商店街を大河《たいが》は駆けていた。見慣れない時間の商店街には夕飯のための買い物をする主婦が溢《あふ》れて、大河には居心地が悪い。

「だいたいメシを作らせてる場合か。いくら趣味だ息抜きだっつったって限度っつうもんが」

今日は何か総菜を買って帰ろうと、大河は急《せ》く足を止めた。ついでに花屋に寄って明信《あきのぶ》に事情を話し、家の中のことをまた分担してくれるように頼もうと決める。龍《りゅう》には済まないが秀《しゅう》の書くものが好きだという明信は、きっと味方になってくれるだろう。しかしそうして穴が空いてしまう花屋の手伝いを、じゃあまた勇太《ゆうた》にという訳にもいかない。そうだ丈《じょう》に先日の騒動の償いも込めて奉公させればいいと、家長の中でかなり勝手な人員配置が決定する。

花屋に寄る前にその手前の揚げ物屋が目について、どうしようかと大河は迷った。その揚げ物屋には姉の友達が嫁に入っていて、色々揶揄《からか》われるだろうと思うと総菜を買うのは気恥ずかしい。

両親が亡くなったばかりのころは何をするにも恥ずかしいどころではなかったが、着崩れているとはいえスーツ姿のいい年の男には慣れない総菜の買い物は馬鹿馬鹿しいことに勇気が要った。

「明信や秀にやらせておいて、こんなことじゃ駄目だな俺も」

よし、と足を踏み出し、二、三人の買い物客の後ろにそわそわと並んで揚げ物を選ぶ。

「ヒレカツ六枚、ウズラの卵六串……」

「以上ですか?」

俯いて注文し、揚げ物屋に似合わない若い男の声で問われて、大河は顔を上げた。

「あ」

ショーケース越しに顔を合わせて声を発したその青年は、既に半分作家をやめてると編集長が言っていたその人にほかならない。

「おまえ……っ」

半分どころの騒ぎではないことをいきなり思い知らされて、大河は悲鳴を上げた。

「何してやがる秀!」

「わ、どうして今日に限ってこんな……なんで揚げ物買うの?」

「なんでっておまえ、こっちはちょっとでもおまえが仕事する時間作ろうと……それをおまえは一体」

「ちょっと、なんだ大河ちゃんじゃないの。早くしてよ、後ろ閊《つか》えてんだから」

立ち尽くしてわなわなと震えている大河の背を、近所の主婦が急かして叩く。

「あ、ご注文をどうぞ。……ちょっと待ってて、大河」

愛想良く、とはきっと客には思われない顔で微笑んで、秀が注文の続きを取った。

「あらやだ、先生何やってんのこんなとこで！　スランプ!?」

ふらふらと店を出た大河の背に、愚鈍なSF作家のせいで町の翁やおかみも覚えてしまったカタカナ四文字の秀の常套句《じょうとうく》が大きく響く。

立っていられず電柱に寄りかかって煙草を嚙んだ大河の前に、隣の花屋から二番目の子どもを抱いた揚げ物屋の嫁が出て来た。

「……理奈《りな》ちゃん、これどういうことだよ。なんで秀が」

すっかり落ち着いたかつての姉の暴走族仲間に、情けない声を聞かせながら大河が問う。

「どうもこうもさ、ちょっと……先生、今日はもういいよ！　大河迎えに来たみたいだし!!」

店の外から理奈は、中に向かって秀に言った。

肩を竦めて、秀は姑《しゅうとめ》にレジを代わり奥に引っ込む。

「なあ、どういうことなんだよ」

「悪いけど明日から来なくていいってあんたから言ってくれる？　先生全然つかいものにならないんだよ、だってお釣銭勘定できないんだもん。それであっと言う間に向かいの本屋首になっちゃってさ。かわいそうだから声かけたんだけど……うちも三番目産まれたばっかかであたし店手伝えないし」

「いやそういう問題でなくて。本屋首になったってなに？」

「本屋でパート募集しててさ、そんで先生雇ってくれって親父困らせて。一時間で親父泣いて土下座よ、勘弁してくださいっつって。かわいそうだったのは親父の方」

大ざっぱに事情を理奈が語るうちに、秀が帰り支度を終えて店から出て来た。

隣の花屋は水を打ちながら、気の毒そうに大河を眺めている。明信はその隣から、見かねたように駆け出して来た。

「……大河兄、誰か通報したの？」

帰りの早すぎる兄に、秀に笑いかけながらそっと明信が耳打ちする。

「警報が鳴ったんだ」

「僕に何かできることがあったら言って。……って言っても僕には何がなんだか。さっき、突然なんだよ。本屋さんで働くって」

「おまえに頼みてえことは山ほどあるが、今は取り敢えずこいつと話さねえと」

腕にしがみついて既に半泣きになっている弟の情を深く感じ入って、大河も泣きそうになってその背を抱いた。

「どうしたの？　なんだか珍しいね、大河と明ちゃんがそんな」

普段ほとんどスキンシップのない長男と次男の結束を眺めて、秀は暢気に首を傾げている。

「……くれぐれも、短気は駄目だよ大河兄」

兄の血管が二、三本切れるのを感じて、明信は宥《なだ》めるように言い置いた。

「わかってる」

ほとんど自信のないことを答えて、大河が秀の背を抱いてその場を離れる。

「あ、待って。揚げ物買わなかったんだ、やっぱり揚げたてがいいかなと思って。ちょっと買い物しないと」

「そんな場合じゃ……」

「すぐ済むから、お野菜は買ってあるし。だいたい今日はお魚にするつもりだったんだよ、お肉続いたから」

全く大河の話し合いたい論点からずれたことを言って、秀は魚屋の前で足を止めた。

「あれ、お揃《そろ》いでどしたの。こんなはええ時間に」

魚屋では一人息子の達也《たつや》が、店先の椅子に座って車の雑誌を読んでいる。

「……おまえこそ学校はどうした、達也」

真弓や勇太と同級で同じ学校に通っているはずの達也に、それどころではなかったが三丁目に住む大人として大河は尋ねた。

「なんか親戚入院してよ、親父もお袋もそっち行ってて。サボッてんなら店番しろって言われてさ。そういう訳だから捌《さば》かなくて済むもんにしてくれよ、奥さん」

「大丈夫だよ、秋刀魚《さんま》だから。六本と、粗あったらちょうだい」

「はいよー」

捌けないと言いながらも商い物には一応慣れてはいるらしく、達也が手早く秋刀魚を紙に包む。

「おまえ就職決まったんだって?」

「決まったっつうか、先輩の勤めてる車の修理工場に入れてもらうってだけよ。千住《せんじゅ》の」

「そうか、良かったな」

「人んちのガキはでかくなるのがはええだろ」

「なんだよそれ」

「最近おっちゃんおばちゃんによく言われっからさー。はい、粗はサービス」

だるそうに言って、真弓とは全く違うまるで大人のような姿で達也は秀に秋刀魚と粗を渡した。

「ありがとう、達也くん」

「あとちょっとなんだから、学校も真面目に行けよ達也」

「おー、行く行く」

小言を置いた大河に、とても当てにならない返事を寄越して達也が手を振る。

「勇太もちゃんと行ってるのかな。ちょっと怪しいよね」

秀が抱えていた秋刀魚を、無意識に大河は取って自分が持った。

あまりに秀が平然としていて、頭ごなしに怒ることもできない。いつもの逃避がエスカレートしただけなら、秀はもっと悪びれて怯《おび》えるはずだ。

それどころか秀は何処か浮足立ってさえいるようで、大河はどうしたらいいのかわからなくなった。

「……明日から来なくていいって、理奈ちゃんが言ってたぞ。言っとくけど俺がそう言えって頼んだ訳じゃねえからな」

「クビ?」

「当たり前だろ。釣銭数えられねえようなバイト」

肩を竦めて聞いた秀に、核心の外側から中に入れず大河は煙草を嚙んだ。

「僕数学は結構得意なんだ、文系だけど」

「知ってる」

「なのにとっさの算数ができないのはどうしてなのかな……多分あのすぐにお釣りを渡さないとっていう緊張感がいけないと思うんだよね。もう少し慣れれば」

「慣れてどうすんだよ」

「……大河に養ってもらうのも僕も男としてどうかと思うし、何か仕事見つけないと」

「秀」

百花園《ひゃっかえん》の前で立ち止まって、意を決して大河が口を開く。

「なんなんだよ、おまえが何考えてるかわかんねえなんて言ったから怒ってんのか？」

意を決した割りにはっきり本題に入れず、大河は自分でも見当違いだとわかっていることを尋ねた。

「わかんないいんじゃやなくて、わかるって言ったんじゃない」

向き合って、涼しげに秀が笑う。何故だか酷《ひど》く、満ちた顔で。

園の方から何か甘い風が匂って、ひかれるように秀はそれを振り返った。

「……ああ。そう、言ったけど」

その顔に目を奪われて、大河の言葉が覚束《おぼつか》なくなる。

「久しぶりに中、入らない？　萩のトンネル今頃だったよね」

「もう、終わってるよ。盛りは一瞬なんだ、あれは」

子どものころからここの花木の咲くのと散るのが大河には季節の移り変わりだったので、見なくとも空気の感じで花が終わっていることはわかる。それでも濃い緑や秋の花が恋しくなって、大河は秀を連れて百花園の中に入った。

「秋の七草、ここは憶良《おくら》と違ったんだったね」

「去年もここでその話したな。……憶良はなんだったっけ、萩の花、尾花、葛《くず》花、撫子《なでしこ》の花」

「女郎花《おみなえし》、また藤袴《ふじばかま》」

去年と同じところで閊えた大河に、去年と同じに秀が続ける。

「朝貌《あさがお》の花、か」

去年と同じに、大河は最後の花の名前を口にした。

そして去年も一緒に見た七草の前を通って、縁台に腰を下ろす。視界の端で微かに残っていた最後の萩が、散り落ちるのが見えた。彼岸花が朱い。

重なる緑の向こうにはビルが見えて、大きい通りからは車の音が聞こえたけれど、不思議に縁台に座れば全てが静かに感じられた。

「僕にも、ここが田舎みたいに思えて来た……なんかほっとする」

大河と同じように感じたのか、秀は足を投げ出して溜息のように言った。

長い間が、ぼんやりと二人の間に落ちる。そうだ去年は明信と大河が揉めていたときにここで七草を諳《そらん》じたのだと、遠くのことのように昨日のことのように二人で思い出す。真夏に凌霄《のうぜん》花《かずら》が花を落とすのは、多分一緒に三度見た。今年の桜は喧嘩をしていてろくに見られなかったから来年はちゃんと見ようかと、約束するでもなく灰色の幹を二人して探す。

少し冷えた秋の風が吹いて、大河は言葉もなく縁台から腰を上げた。段々と見えて来た結論を聞くのが怖かった。

「……ごめん」

行こう、と差し出した大河の手を取って、秀が不意に謝罪を口にする。

「もう書かなくてもよくなっちゃったんだ」

びくりと引いた大河の方を済まなさそうに見つめて、それでも秀は止めていた告白を聞かせた。

「いつもの逃避とは違うの、わかる?」

わからないと、大河は嘘《うそ》をつきたかったが声が出ない。

それでも秀は、答えを待つようにただ黙っていた。けれどいつまで待っても大河は頷かないと悟って、小さく溜息をつく。

「一つ聞いてもいい? 大河」

答えを急かず、苦笑して秀は少し顔を伏せた。

「書かなくなったら、僕は大河にとって価値がなくなる?」

それでももう一度顔を上げて、秀がそんな問いを口にする。

もちろん即答などできるはずもなく、冬に行く緑の中に大河はただ立ち尽くした。


月が煌々《こうこう》と照る縁側にススキを飾って、秀《しゅう》は台所で一人夕飯の後片付けをしている。部屋に引きこもっている大河《たいが》以外の全員が、居間に居た。真弓《まゆみ》と明信《あきのぶ》は飯台でそれぞれ本やノートを広げ、丈《じょう》と勇太《ゆうた》は畳に転がってテレビを見ている。

「……勇太、その頭どうしたの？」

あまり進まない参考書から顔を上げて、真弓は朝より短くなっている勇太の髪をボールペンで指した。

「さっきウオタツのおかんに毛先揃《そろ》えてもろたんや。なんや帰りがけに出くわしてな」

「いつも達《たつ》ちゃんのお母さんに切ってもらってんの？　髪」

「いや。あんた男のくせにそんな長くしてんじゃないわよ、かなんか言うていきなり切られてもうたんや。危うくウオタツと同じ頭にされるとこやったで」

すんでのところで縛りどころがなくなるところだった髪を手で梳《す》いて、その短さに勇太が顔を顰《しか》める。

「あんなんでいいなら明ちゃんにバリカンでやってもらえよ」

いつも洗面所で明信に刈ってもらっている丈が、確かに達也《たつや》とほとんど変わらない適当な頭を自分で撫《な》でた。

「それにしても、あんま似合わねえなあー、おまえその髪」

「こら、丈」

毛先が落ちたせいですっかり黒くなった髪を似合わないと言った丈を、ちらちらと台所を気にしていた明信が咎《とが》める。

「でもちょっと……俺も見慣れない。何もそこまでしなくたっていいんじゃないの」

両手で頬杖《ほおづえ》をついて、真弓が実はあまり今の勇太の髪が気に入っていないことを教えた。

「そこまでってなんやねん。別に親方に黒くして来いて言われた訳やないで、ただ……」

ちょっと気に留めずにいるうちにすっかり堅気の姿になってしまったと、勇太が夜の窓に已の姿を映して眺める。

「まあ、正直俺も見慣れんわこの頭。ガキのころから色抜いとったしな」

「いいんじゃない？　ちょっと茶っこくするぐらいなら」

「まゆたん、せっかく黒くなったのに」

「だってえ、似合わないんだもん。金髪にすることはないと思うけどさ」

咎めた明信に真弓が、口を尖《とが》らせ飯台の上に体を伸ばした。

「ほんならおまえやってくれや。ちょっとぐらいやったら親方も気いつかんやろ、目え遠くなっとるし」

「真弓もちょっとやってみようかな」

「駄目だよまゆたん」

「だって」

絶対駄目と目を光らせた兄に、真弓がますます口を尖らせる。

「……受験だし大河兄と秀はまた喧嘩《けんか》してるし、このストレスをどうしたらいいの!?」

左手で大河の部屋を、右手で台所の秀を指して、もういい加減にして欲しいと真弓は小さな歯をがるがる言わせた。

「ほんまやで……いっつもどっかで誰かが喧嘩してるんはなんでなんや」

畳に長く伸びて勇太が、暗黒の夕飯をうんざりだと思い出して天井を見上げる。

「おまえに言われたくねえぞ」

もっともなことを言って丈は、寝転んだまま勇太の足を蹴《け》った。

「おまえかてこないだ明信と喧嘩しとったやろが」

言ってはならないことを言って勇太が、その足を倍の強さで蹴り返す。

「オ……オレは明ちゃんと喧嘩なんかしてねえよ!!」

むきになって丈は、起き上がって勇太に摑《つか》みかかった。

「ちょっと、よしなさい丈」

慌てて明信が、腰を浮かせて弟を止める。

「喧嘩やなかったらなんや、この甘えたれが」

「なんだとこの……っ」

「よしなさいってば!　喧嘩してる場合じゃないだろ!?」

いつになく強い口調で、明信は取っ組み合いを始めようとした丈と勇太の間に入った。

勢いをいきなり止められて二人が、歯噛《はが》みして畳に尻《しり》をつく。

「……場合やない言われたかて、俺関わりたないで悪いけど。あないな喧嘩」

「オレもパス。つうかいつもの逃避じゃねえのかよ、秀は」

仲直りに同じ煙草《たばこ》を嚙んで勇太と丈は、二人の仕事の話はもう沢山だと首を振った。

「でも大河兄がブラックホールに入ってるよ」

いつもとは様子が違うと、真弓も多少は気にして大河の部屋の方を振り返る。

「そりゃあな、兄貴だって価値がないとはもちろん言えず」

「あれは秀があかんのやろが。仕事とあたしとどっちが大事なのってのと同じじゃやろ。なんでそんなこと聞くんや、いまさら」

煙草に火をつけながら勇太は秀の方に怒って、長く煙を吐いた。

「微妙に違うような気がするけど」

もっともこの問題を気にかけている明信が、不安を露《あらわ》に溜息《ためいき》をつく。

「どうちゃうねん」

片眉《かたまゆ》を上げて勇太が聞いた声に被《かぶ》って、不意に、大河の部屋の襖《ふすま》が開く音が響いた。

「……なんやおためごかしを思いつきよったな」

避難だと立ち上がった勇太の足を、一人でも味方をと明信が摑んで止める。

勢いをつけて来たのか大河は、居間に飛び込んで真っすぐに台所の鴨居《かもい》まで駆け抜けた。

「価値がないなんて言える訳ないだろう、あんなこと聞かれて」

部屋から用意して来たのだろう言葉を、敷居の上から秀に投げかける。

洗い物を終えた秀は水を止めて、割烹着《かっぽうぎ》で手を拭《ふ》きながら大河を振り返った。

「そうだね。ごめん」

抗《あらが》わず、すぐにその問いの非を認めて秀が謝る。

「でも逆に四年も積み重ねて来た俺たちの仕事を、無価値だったとも言いたくない」

「僕も無価値だなんて思ってないよ。僕が聞いたのは、大河にとって僕が書かなくなることがどういうことかってこと」

誰の目にも最初から大河は劣勢で、秀は意外なほど冷静だ。

「正直に答えて」

「困るよ」

「……ごめん。聞きたいのは編集者としてどうかってことじゃなくて」

即答した大河に苦笑して、秀が首を傾ける。

「恋人としてってこと」

飯台を挟んで秀は、少々卑怯《ひきょう》な潤んだ瞳で大河を見つめた。

うろたえて、後ずさり大河が敷居に踵《かかと》を打ち付ける。

「イテッ。その……書くということは付加価値みたいなもんだ。おまえという人間に付随する価値だ」

「その付加価値は、どのくらいの比率を占める？　大河の中で」

段々怪しくなって来た大河の弁に、秀は歩み寄って答えを求めた。

「なんかいつもと違うね、秀本気みたい。喧嘩と言うにはあまりにも一方的じゃないかな……大河兄に分がなさすぎるよ」

居間では真弓の呟《つぶや》きに、全員が同意して大河に同情の溜息を聞かせる。

「僕の中では五分です。秀さん」

今自分が兄の力にならなくてどうすると言わんばかりに、明信は肩に力を込めて立ち上がった。

「大きくでよったな……」

五本の指を秀に見せた明信に、勇太が感心して呟く。

「僕は秀さんに会う前から阿蘇芳秀《あすおう》のファンでしたから。少なくとも、これ」

そして明信はさっきから読み返していた秀の本を手に取り、秀の目の前に突き付けた。

「これを終わらせてくれるまではやめるなんてとんでもないですよ！」

表紙を見せられた本を、いつもの何を考えているのかわかりにくい目で秀がじっと見つめる。

「……明ちゃん、言いにくいんだけど。それ」

頭を掻《か》いて秀は、気まずそうに本を指さした。

「ごめん、そこで終わってるの」

「え……？」

「だって……説明しなきゃなんないなんて本当に失格だけど、ここ、読んで。ひっそり解決してるでしょ、問題が」

台所を出て歩み寄り終わりの方のページを開いて、問題の箇所を秀が指さす。

「終わりなの。続きないの、これ。それもこれも僕の技量が……」

「違うんです僕の読解力がっ」

言われてまじまじとその行を読み返し、半泣きになって明信は悲鳴を上げた。

「だからもっとわかりやすく終われっつったんだ俺は」

担当編集者としてやり切れず、柱に額を押し付けて大河が落ち込む。

「そうじゃなくて、僕この主人公が好きだから続きを読みたいっていうのは願望で……っ」

「泣かないで明ちゃん」

もはや泣いている明信を追い詰めたことを酷《ひど》く済まなく思って、秀はその背を摩《さす》った。

「そうだ。最近お勧めの新人作家さんがいるの、貸してあげる。僕なんかより百倍おもしろいよ」

「な……んてことを」

親切のつもりで新しい作家を紹介しようとした秀の無神経さに、目を剝《む》いて明信が飯台に突っ伏す。

「秀さんなんかっ、秀さんなんか……っ」

「おまえ……時々ほんまに人心欠けとるで。秀」

号泣している明信の頭を撫でてやって、勇太は秀を責めた。

「でも真弓には関係ないなー、考えてみれば」

かなりの焼き餅《もち》とともに勇太のその手元をじっと眺めて、不意に真弓が発言する。

「俺読んだことないから、作家のあすおうしゅうって知らない人だもん。それって学校の明ちゃんをよく知らなかったりしたのと同じことかも。俺は今までどおりの秀がいれば全然それでいいや」

作家の秀がいなくなったところで自分は無傷だと、嘆く明信の姿に真弓は気づいた。

「そういえばそうだよなあ。ま、ということでオレも特に反対はナシ。正直あの締め切り地獄がなくなると思うと嬉《うれ》しいね」

なるほどと頷《うなず》いて丈も、明信に済まないとは思いながらも戦線離脱を表明する。

秀は頷き、大河は呆然《ぼうぜん》と立ち尽くしている。

「バースもきっと、締め切り中にざぶざぶ洗われたりしなくなって嬉しいよね。勇太は？　やっぱり息子としては、俺たちとは違う意見もあるでしょ」

バースに目で確認してから「くうん」という返事を聞いて、真弓は勇太に意見を求めた。

「うーん……」

頭を掻いて勇太が、飯台に肘《ひじ》をついて秀を見上げる。

「こいつ、ケサランパサランみたいなもんやないか」

「何それ」

親指で養い親を指した勇太の言葉に、真弓は首を傾《かし》げた。

「根無し草っちゅうか……浮世離れし過ぎっちゅうか。本名で活字になるような仕事しとって
ほんまに良かったて、俺時々思っとったんやけどな。生きてるか死んでるか誰にでもわかるや
ろし、それが秀の社会との唯一の接点っちゅうか」

年に見合わない込み入ったことを言って勇太が、ならばやはり必要なのかと一瞬真弓にも丈
にも思わせる。

「せやから俺は秀がそういう仕事しとることに意味があるとは感じとった」

「勇太……」

一旦言い切った勇太に、大河は心からの感謝の言葉をかけようとした。

「感じとったけど、それはこいつが一人やったときの話や」

だがあっと言う間に裏切り、勇太がじっとその大河を見上げる。

「確かに今は必要ないやろ。うん」

大きく頷いて、勇太は言ってはならないことを言い切った。

「好きにせえや、俺ももう二度と締め切り前のおまえを見んで済むんかと思うと晴れ晴れとした気持ちや」

本当に晴れ晴れとした顔で、勇太が秀に微笑《ほほえ》みかける。

「ありがとう……今まで本当にごめんね、勇太」

「ほんまや。もっと謝れや」

思えば勇太は長いこと一人でその月に一度の地獄に耐えていたのだと、兄弟たちはただ同情するほかなかった。

「……明ちゃんしか味方がいなくなったね。大河兄」

いつまでも泣いている明信の頭を真弓も撫でて、四面楚歌の兄にそれはそれで申し訳なく思う。

「助けろ、明信」

膝《ひざ》をついて大河は、もはや他に縋《すが》れるものもなく弟に助けを乞うた。

「明ちゃん……」

だがそれより早く秀が明信の傍らにしゃがみ、その背を摩る。

「ごめんね、明ちゃん。でも僕、もう本当に書きたくなくて」

囁《ささや》くような声に、涙に濡《ぬ》れた顔を明信は上げた。

さりげなく言い切られたその言葉に、大河が息を飲む。

「僕が揚げ物屋さんのパートさんになったら、明ちゃんは僕が嫌いになっちゃう?」

「そんな……」

悲しそうに問われて、なるなどと言えるような明信ではなくただ首を振った。

「そんな訳ないじゃないですか秀さん……っ。五分なんて言ってごめんなさい、嘘だよ。僕は秀さんがいてくれればそれでいい……隣で働けて嬉しいよ!」

秀の胸に縋り付いて明信は、あっと言う間に寝返った。

「……揚げ物屋は……クビになったんだっつうの……」

他に言葉も見つからず、それだけ告げて大河が戦慄《わなな》く。

それでもまだ言葉を尽くそうとして、大河は秀を見た。けれど真っすぐに不安げに、それでも何処《どこ》か喜びを含んだ眼差しに出会って、今は何も言えることが見つからず目を伏せる。

秋風を思いきり背に負って、大河は力無く居間を出て行った。

待ち合わせを決めた大河《たいが》の会社近くの東京ドームファーストフード店前には、いわゆるダフ屋というものが引っ切りなしに行き来し、ぼんやりと立っている秀《しゅう》に既に都合二十回は「チケットない？」と聞いていた。夜には多少肌寒さも感じるようになって来たこの頃だが、ここは人込みのピークでビル風も秀のところまでは届かない。

「……悪ぃ、出掛けにちっと直しが出て。待ったか？」

丁度二十一回目の「チケットない？」を聞かれている秀とダフ屋の間に入って、短い距離を駆けて来た大河は膝を押さえて息を切らせた。

「少し」

「寒かっただろ。会社で待てってって言ったのに……」

上着を羽織った秀の髪が風に乱れているのに気づいて、溜息交じりにその髪を梳いて大河が歩き出す。

「……敷居高いの知ってるくせに」

気まずそうに大河を見て、背を押されるまま秀も歩いた。

そのまま人の流れに沿って大河が歩いて行くのに、今初めて行き先を知って秀が首を傾げる。

「もしかして、観るの？　これ」

「優勝争いも関わる巨人阪神戦三連戦の最終日だぞ。会社のコネで無理やり取ってもらったんだ」

不満なのかとチケットを見せた大河に、笑って秀が首を振る。

「驚いただけ。僕東京ドームで野球観るのなんて初めてだよ」

楽しみ、と小さく呟いて急ぐ人の波に巻かれそうになった秀に、仕方なく大河はその腕を持って進んだ。

気圧の差を感じて入る入り口に耳を押さえて、秀が大河にしかわからない様ではしゃぐ。

もう始まっている試合には焦らず席を探して、一塁側外野席を大河は見渡した。背中に生ビールのタンクを背負った青年からビールを二人分買って、周囲に謝りながら指定の席に腰を下ろす。

「……一塁側なんだ。もう、始まっちゃってるんだね」

ビールを受け取って秀は、得点表を見ようとして目を細めた。

「最初から観たら長すぎてケツ痛くなるぞ。なんだよおまえ、見えねえのか？」

「ちょっと見づらい……最近視力落ちちゃったみたいで、眼鏡作ろうかなと思うんだけどね」

「早い方がいいぞ、悪くなると早いらしいから」

他愛のない話をしながら、大河が電光掲示板を読んで試合の成り行きについて少し語らう。

試合に見入ってしまうと、状況的には家にいるときとほとんど何も変わらない。

「テレビで観るのと全然違うもんだね……楽しい、すごく」

寒そうにビールを口に含んで、秀は本当に楽しそうに笑った。

「そらよかった」

この試合を観たいのは本当は自分の方なのだがシーソーゲームには今一つ乗り切れず、大河が椅子の背に腕を掛ける。

「仕事と関係なくて二人でこういうの、初めてだね。高校のころはよく映画とか行ったけど」

ふと、秀は大河を振り返って、小さく首を傾けて問いかけた。

「デートなんでしょ？　こないだ言ってた」

「……ろくなこと思いつかなくて悪ぃな。隣の遊園地の方が良かったか？」

頭を掻いて認めた大河に、背を丸めて秀が笑う。

「まさか、僕速い乗り物駄目だし。それに二人で乗るの？　観覧車とか」

「それも最悪だな……。映画だと映画観ちまうし、百花園《ひゃっかえん》や小石川《こいしかわ》だといつもと変わんねえし、改まって向き合って飯っていうのもよ」

実のところ昼間家に電話するまでにあれこれ思い悩んだことは思い悩んだのだが、結局デートそのものが性分に合わないということを大河は思い知るほかなかった。

「ごはんは、外で食べるより家でみんなで食べた方がおいしいよ。でも」

大きくネットを打ったボールを目で追いながら、少し恥ずかしげに秀が言葉を切る。

「たまにはいいね、こういうのも」

周りに不自然に思われない程度に、秀は大河の方に寄りかかった。

肩に秀の重みを感じて、それは大河には間違いようのない喜びのはずなのに、何故だか不安に似たものが胸を触って行く。

少し秀がはしゃぎ過ぎているように感じられるせいかと大河は思ったけれど、それは自分が沈んでいるのでそう見えるのだとも思えた。

「……でもデートじゃ、ないのかな。もしかして」

己ほど大河が浮かれていないことは秀にもすぐに知れて、寄りかかったまま秀が溜息を聞かせる。

「デートだよ」

人が大勢いる騒がしい場所を選んだ理由は話しにくい話があるからで、嘘《うそ》は長く続かず大河は秀に気鬱《きうつ》を晒《さら》した。

「……ごめん。もう、多分大河にはちゃんと訳がわかってると思って」

切り出せない大河を察して、秀の方から口を開く。

「でも、話し合わなくて済むことじゃないよね。仕事のことだし」

わかっているだろうからと秀が言うのを、ぼんやりと試合を眺めたまま大河は聞いていた。本当はわかっているのはいつもの逃避とははっきり違うということだけで、大河はまさか秀が本気で仕事をやめるつもりだとは今も信じてはいない。

「正直、駄目にもなってる。大河もそれは感じるでしょう?」

頷けるはずもなく、大河は黙って聞いた。

マウンド上では何か不審な裁定があったのか、一塁側は不意に大きなブーイングの渦になって治まるまでさすがに話は続けられない。

「物語を創る人には大ざっぱに分けて二種類いると思うんだ、僕」

「そんな大ざっぱに分けんなバカ」

「まあ……もちろん沢山色々あるとは思うんだけど。二つに分けたとしての話。一つは創らないと死んでしまう人、創るために生まれて来た人」

秀がそういうものだと大河が何処かで信じて来た型を、秀はあからさまに他人事《ひとごと》のように、早口に聞かせた。

「もう一つは、本当は何か他にもっと大きな望みがあって、それが叶《かな》わないから創ることに置き換えてる人」

比べて、もう一つの型は努めてゆっくりと語られる。

「僕は後者だよ」

あっさりと秀がそれを教えるのに、大河は持っていたビールを取り落としてしまいそうになった。

「知ってるよね、大河は」

「……わからない」

わかると言ってしまえば、もう無理なのだとあきらめるほかない。

書く仕事を続けさせたいという気持ちの多くは、恋人としてのものではなかった。もちろん物理的に編集者として困るということも大きいし、秀の才能を惜しむ気持ちもまた大きい。多分自分たちを知る多くの人が、それらを些細《ささい》なことだと言うだろうことも大河にはわかっていたが。

それでも大河は、どうしても秀に善しと言う気持ちにはなれない。

確かに秀は仕事を辞めたいだろう。日頃の秀を見てそう思わないものはいない。大河でさえ、それを押して騙《だま》し騙しやって来たような気さえしていた。

だがいざ秀に終《しま》いにしたいと言われれば、決して頷いてはならないという強い気持ちが大河の中に動かずに在る。何か秀がごまかしていると感じる自分を、信じるのは大河自身にも今は難しかったけれど。

大きな歓声が起こって、逆転のホームランを巨人サイドが打ったのだとアナウンスが入る。

明るい音楽の繰り返しに、大河は右耳を強く押さえた。

——女郎花《おみなえし》、また藤袴《ふじばかま》。

去年と重なった秀の声が、押さえた大河の耳のうちに籠《こ》もる。

「……いつから、もうやめようと思ってたんだ?」

何処かに間違いのほつれがある気がして、大河は尋ねた。

「きっかけは……」

寄り添った大河の肩に秀が、頬《ほお》を預ける。

「大河が、僕のこと全部わかってるって……言ったときかな」

落とされた呟きに大河は、そんな言葉は冗談だと言ってしまいたかった。

けれどどれだけ秀がそれを大切に思い返しているかすぐにわかってしまって、俯《うつむ》くしかない。

「恋人として……喜ぶべきところなんだろうな」

背を丸めたまま手元を見つめて、ようよう聞こえる声を大河は漏らした。

「正直、嬉しいよ」

聞かせたその思いも、決して嘘ではない。

「ずっと俺は、どうやってもおまえを完全に満たしてやることはできないと……思って。ガキのころ」

思いもかけない幸いが、驚くほどの駆け足で自分たちの手元に訪れていたことをゆっくりと大河も思い知った。

「それが何よりも悲しかったから」

ずっと、秀は半分現《うつつ》の向こうに居たままなのだろうと思ってあきらめた高三の冬を、大河が手元に返す。

そのやり切れなさと悲しみは、今思っても深く大河の胸を抉《えぐ》った。仕事をするようになって秀の本当の望みの切れ端をその片隅に見るようになって、どうしても叶わないのかと大河はそれが酷く辛《つら》かった。叶わないのではなく、秀には決して叶える気持ちがないのだと、長いこと絶望していたのだ。

「誰にも、そんな真似はできねえって思ってた……」

思えば自分こそが叶いもしないと思っていたものを今手にしているのだと、その片端を確かに自分が摑《つか》んでいるのだと大河も知る。

「……大河」

その思いを悟るように秀の手が大河の手に重なって、大河はけれど、どうしても秀のその選択を受け入れられない頑《かたく》なさがあることを教えなくてはと唇を噛んだ。どんな幸いを見た後にも、奪いたくないものが大河にはある。

「おまえが、もうそれが必要ないってのは……すげえ嬉しいよ。俺は。だけど」

それでも言いながら、本当に秀にとってそれが失われてはならないものかどうか大河は迷った。

「それはそれで、おまえが長くして来た仕事だし、おまえも大事にして来たことだろ？ 俺たちのこととはまた別の」

語り出すと何か無理に諭そうとするような口はばったさが露骨に映って、言いたいことを大河が見失う。

「秀」

大きく息をついて大河は、顔を上げて秀と向き直った。

「こんなこと言ってなんか不安にさせたりしたくねえけど。もし……俺がいなくなって」

焦りに、当てもないまま益体《やくたい》もないことが口をつく。

「……それは別れたりしたときにってこと？」

「俺はたいがいしつこい性格なんだ」

眉を寄せた秀に、手を振って、そんなことではないと大河は溜息をついた。

「十年以上もおまえのこと……好きだったんだぞ。いまさら気移りするなんてことは考えにくい。あり得ねえよ、悪ぃけど」

言い切ってしまうのも愚かだとは思ったが今はそれが嘘のない気持ちで、秀の目を見て告げる。

「だけど、俺はずっとおまえといるつもりだけど……何があるかわかんねえだろ？　そりゃ俺は百まで生きるつもりでいるけど」

「なら煙草やめないと」

「茶化すな。だから、もしなんかあったときに」

「なんかって？」

今度は秀が、話を先延ばしにするような物分かりの悪さを見せて、大河は大かた察せられるだろうことに言葉を選び切れなくなった。

「例えば、明日俺のとこにトラックが突っ込んできたりしたときに」

下は息を飲む展開なのか不意にスタジオは静まって、譬《たと》え話だとさらりと流そうとした大河の声が変に浮き上がって残る。

「おまえにはなんか、もう一つ持ってて欲しい。俺以外のものを」

試合の騒々しさがまた戻って、マウンドの方を見ている秀がちゃんと話を聞いていたか大河にはわからない。

ナイター照明の明るさに、秀の瞳が透けた。

永遠かと思うほどの長い間が置かれても、大河は微動もしない秀が何を思うのか察せられない。

「大河は」

ざわめきの中に秀は、静かに大河の名前を呼んだ。

「明日君のとこにトラックが突っ込んで来たときに、僕に仕事があったら君のことを忘れられるって言うの?」

笑うでもなく咎めるでもない秀の問いに、焦燥に背を押されて自分があまりにもろくでもない譬えをしたのだと大河が思い知らされる。

「そうだよな……極端なこと言った。悪い、忘れろ今のは。そうじゃなくて」

「……言いたいことは、わかった」

けれど今度は物分かりの悪さも駄々も見せず、秀は俯いて大河にそう告げた。

「……そうか」

傷つけた後味の悪さが残って、大河も俯く。

「秀。でもそれが書くことじゃなきゃ駄目だとは……」

わかるのならもうそれは自分との仕事のことで考えてくれなくてもいいと、少しの無理を大河は己《し》に強いようとした。

「俺は」

言わないよと、けれど言葉は最後まで続かず、大河はそれを声にすることができない。

手元から顔を上げて、秀が大河に微《かす》かに笑んだ。

「滅多に嘘言わないから」

さらりと秀の髪が下りて、目が隠れる。

「すぐにわかる」

笑った口元だけが、大河の視界に残った。

考えをしまい切れないというように、ふっと、秀が席を立つ。

「……ごめん、先帰る」

「秀」

「心配しないで。一人で少し考えたいし、それに」

後ろの席から早く座れと怒られて、頭を下げながら秀は通路に出た。

「忘れてた？　僕三塁側の人間なんだよ」

「……え？」

肩を竦《すく》めた秀に大河は、すっかり忘れていたがそういえば秀が来たばかりのころにそんなことを言っていたことを今思い出した。

「勇太《ゆうた》に付き合ってだろ？」

「実はナイタータイムはいつも密かにイライラしてたよ。巨人の館で」

口を尖らせて、秀が試合は劣勢だが応援は激しい三塁側を眺める。

「おまえそんな」

「僕たちの間の一番深い溝かもね、これ」

おどけて笑って、秀は軽く手を振ると大河を置いて通路を駆け上がって行った。

後を追おうと大河も席を立ったけれどビール売りに阻まれて、すぐに秀を見失う。

確かに一人で考える時間も必要だろうと思いながら不安で、もう試合など目に入らず大河はぼんやりと堅い椅子に腰を下ろした。

秋は一瞬なのに、静かな夜に虫の声を聞くと夏とも冬ともまるで違う季節なのだと思わされる。

長男が沈んでいるせいでいつもより全体にテンションの低い帯刀《おびなた》家も、秋の夜長に沈み込んで珍しい静寂を近所に齎《もたら》していた。少し早い時間だけれどそれぞれが部屋に引っ込んで、おとなしく家内を静まらせている。

そんな中いつもより遠慮がちな音で、秀《しゅう》の部屋の襖が叩《たた》かれた。

「明《あき》ちゃん？」

明信《あきのぶ》以外の誰もが叩くと同時に襖を開けるので、文机の前で頬杖をついていた秀が振り返り呼びかける。

「ハズレ」

けれど予想とは違う末っ子が、滅多に見せないしおらしさで中に入って来た。

「どうしたの真弓《まゆみ》ちゃん、おなか空いた？」

「……ううん。言われるといつも空いてる気がするけど」

人差し指を唇の前に立てて大河《たいが》の部屋を振り返りながら、真弓が後ろ手に襖を閉める。

「なんか作る？」

「あればあるだけ食べちゃうからやめとく」

「勉強進んでる？　どっかわかんないとこある？」

「わかんないとこなんかいっぱいあるよー。……じゃなくて」

ちらと、煌々と明かりをつけているワープロを眺めて、真弓はその前に座り込んでいる秀の隣に腰を下ろした。

「あれ？　秀、メガネかけてたっけ？」

喉元《のどもと》に抱えて来た話を披露せず、真弓が今初めて秀の眼鏡に気づいて目を丸くする。

「作ったんだよ、昨日。今はその場でできるんだね、早くてびっくりした」

「目、悪かったっけ？」

「普段は裸眼でもそんなに困んないんだ。新聞読むときとか、映画の字幕見るときとか、ちょっと見づらくなって来たかなってぐらいで」

「……困ってなくないじゃん。秀よくものにぶつかってるもん」

「それは……」

目とはあまり関係なく昔からのことだったが、打ち明けず秀が口を噤《つぐ》む。

「あと、ワープロ打つときとか？」

秀が置いた明信のものとはまた違う眼鏡を珍しそうに取って、試しに掛けてみて真弓は視界が歪《ゆが》むのに慌てて外した。

「もしかしてお仕事してた？　お仕事する気になった？」

眼鏡を置いて、遠慮がちに真弓が秀を見上げる。

曖昧《あいまい》に笑んで答えない秀に、真弓は両手で頬杖をついた。

「こないだ書きかけてたのは消しちゃったの？　真弓がちょっと続き書いたやつ」

何も書かれていないワープロの画面を見つめて、小さく真弓が溜息をつく。

「ごめん。挫《くじ》けちゃった、あれは。うまくまとまんなくて」

「ふうん」

手慰みにカーソルを動かして、真弓は口を尖らせてつまらなさそうな声を聞かせた。

「真弓ねえ、秀」

「……その子ども攻撃に騙されないようにって、勇太《ゆうた》からよく言われてるんだ。僕」

出た、と身構えて秀が、小さく身を引く。

「バレてたか。……秀、俺ね」

声を甘くするのをやめて、背を伸ばして真弓は秀を振り返った。

「大河兄が悲しいのは、やだな。それは、秀が仕事やめるのには大賛成なんだけどさ。でも」

予想を越えた落ち込みを見せる兄の部屋の方を見つめて、真弓がまた溜息をつく。

「両方幸せって訳にはいかないの、かな」

気負って来たほどに説得する言葉を持たず、真弓は本棚に手を伸ばした。

「なんか貸して、秀。俺も作家の阿蘇芳《あすおう》秀を知ってみるから」

隠すように横にして重ねてある秀の自著を、真弓が物色する。

「いいよ真弓ちゃんそんな」

「大河兄があんなに落ち込むんだからさ、きっとこっちの秀もすごく大事なんだよ。大河兄にとって」

恥ずかしがって止めようとした秀に、真弓は一冊を取って言った。

「……秀にとっては？」

手を引いた秀を、真弓が小さく振り返る。

「秀にとって、このお仕事ってなんだったの？」

両手で秀の膝を揺すって、大河のために咎める気持ちを隠せずに真弓は尋ねた。

「大河と、繋《つな》がってるための手段だった。長いこと」

苦笑して秀が、自分と仕事との関わりを、長いこと信じていた通りに正直に明かす。

「そんなんじゃ……だめじゃん」

呆然と真弓は、思ったまま言葉を落としてしまった。

「……うん」

甘んじてその責めを受けて、秀が頷く。

「でも今、もしかしたら自分でわかってなかっただけで、もっと何かほかの気持ちもあったのかもしれないって思ってたとこ」

前までのあやふやな気持ちに乗せて、確かに今感じていることを秀は真弓に教えた。

「本当に？」

それは自分へのごまかしや慰めなのではないかと疑って、真弓が秀の瞳を覗《のぞ》く。

「自分で思ってたほど、いつでも捨てられる仕事じゃなかったのかもしれない」

迷いを見せて、秀は真弓の髪を撫でた。

「なんていうか、その、正直な話。僕は天分を与えられて魔法みたいに物語が指先からさらさら出て来る訳じゃないから、仕事は結構苦痛で。てゆうかかなり苦痛で。色々言い訳つけていつでもやめたかったりもするんだけどね」

「……でもそれが仕事のやり甲斐《がい》とかいうものだったりしないの？　真弓は働いたことないからわかんないけどさ。大河兄だって、楽しいことばっかりじゃなさそうじゃん。仕事」

そもそもが自分の目にはいつも大変そうにしか映らない大河を思って、真弓が口を尖らせる。

「丈《じょう》兄だって、減量とかすごい大変そうだし」

「そうだね……僕は我《わ》が儘《まま》だ」

「ごめん、そんなつもりじゃ……二人とも自分の好きなことやってるから耐えられるってことなのかもしんないし」

知らず秀を咎めた自分に気づいて、真弓は小さく首を振った。

「秀はお仕事が好きっていうのとは違うんだもんね。想像してみても、真弓も大河兄や丈兄みたいにできそうにないや。やりたくないこととかあんまりしたことないし」

したいこともまだ見つからないし、と自分の進路の方に不安が流れそうになって、いけないと真弓が息をつく。

「志望校の方、どうなった？」

付き合って秀は真弓の進路の話を聞こうとしたけれど、真弓はいつの間にか何か引き留めるように秀の膝を摑んでいた。

「真弓の話なんかどうでもいいよ」

苦笑して、秀がその手の甲に指先を載せる。

縁側から、寝返りを打つバースの鎖の音が低く響いた。

「本当は……僕みたいな人間はどんな風にしても生きていけると思ってた」

その音の方を見つめて、ふと、独り言のように秀は言った。

「どんなことをしてても、生きてはいけるって」

「……？　どういうこと？」

不安に喉元を押さえられて、問いかけた真弓の声が掠《かす》れる。

「やりたいこととか、意味のある仕事とか存在意義とか……あんまり必要ないんだ。むしろ、ない方がいいぐらいで」

微笑んで秀が言うのに、不意に時間が二年前に戻ってしまったような気がして、真弓は俯いた。

「意味が、わかんないよ」

「大河は多分」

けれどそういう仕事をさせておくことに拘《こだわ》る恋人の名前を、秀が口にする。

「僕に、杖みたいなものを持たせようとしてたんだ。ずっと」

それを手にしているかのように、秀は胸の前で柔らかく手を握った。

「僕はでも、杖なんかいらなかった」

少し顔を上げた真弓の見ている前で、けれど秀は指を解いてしまう。

「転んでも平気だったからね」

いつもと何も変わらずに見える秀の瞳に、惑って、真弓は微かに戦慄《わなな》いた。

「……あのね、ホントはもう、だいたいわかるよ。秀の気持ち、目なんか見なくったって」

子どものように秀の膝を、真弓の指が加減なく握り締める。

「でもやっぱり、時々わかんないや。時々だから余計、なんかすごくおっきいことみたいに感じるんだ」

わかろうとして真弓は、必死に秀の目を覗いた。

「転んだら……痛いよ、秀」

訴えた真弓の声に半分涙が滲《にじ》んで、過ぎた言葉を悔やんで秀がその髪を抱く。

「うん」

髪を撫でて、初めて会ったころのように秀は、もうそうするには大きすぎる真弓の体を足の間に抱いた。

「前は、知らなかったって話だよ。真弓ちゃん」

小さな子どもを抱くように、愛しく、秀が両手で真弓の背を包む。

「今はもう、前のようには歩けない」

少し居心地が悪そうに真弓は身を捩《よじ》ったけれどすぐに慣れて、子どものころ兄たちによくそうしたように重みを全《すべ》て預けてしまった。

「痛いのは辛い」

ぼんやりと真弓の高い熱に首を傾けて、秀が呟く。堪えられないだろう、ただ一つの痛みのことを思って。

「秀」

されるままに体を丸めて、目を見ないで真弓は秀を呼んだ。

「今はちゃんと、幸せなんだね」

痩《や》せた腕に手をかけて、確かめるようにでもなく真弓が呟く。

「……わかるの？」

はにかんで秀は、真弓の髪に頬を寄せた。

「わかるよ」

何故だか真弓は、悲しい訳でも寂しい訳でもないのに泣いてしまいそうになった。

「わかるよ、秀」

染んで来る思いが辛いのでもないのに、真弓の胸を締めつける。

まるでその様を見かねたように、ノックとともに部屋の襖が乱暴に開いた。

「……なんや上がってこんと思たら、何やっとんねん」

風呂上がりの頭がまだ乾かない勇太が、タオルでその黒髪を擦《こす》りながら二人を見て思いきり顔を顰める。

「内緒」

悪びれもせずいたずらっぽく笑った真弓に、苦虫を嚙み潰《つぶ》したような顔で勇太は部屋に入ってきた。

「……おまえの甘えたにはほんまに呆《あき》れる」

「あ、もしかしてヤキモチ？　俺の場所なのにとか思っちゃってる？　ごめんごめん、良かったらここどうぞ」

指さして咎めた勇太を、揶揄《からか》って真弓が秀の膝から下りる。

ふて腐れて、勇太は半分二人に背を向けて離れたところに座り込んだ。

「……俺そないなことしたことないもん」

拗《す》ねた声に、らしくなく子どもじみた頼りなさが滲む。

「嘘つかないでよ勇太」

目を見開いて、きょとんとして秀は即座に言った。

「嘘やないっ、あれはおまえが勝手に……俺そんなんして甘えたりせえへん！」

目を剥いた真弓に真っ赤になって、大慌てで勇太が首を振る。

溜息をついて真弓は、肘でつつきながら秀を見上げた。

促されるまま秀が、小さく咳《せき》払いして両手を広げる。

「おいで、息子よ」

「あほちゃうか！　怒るでほんまっ。……なんやねんその眼鏡」

真顔で呼んだ秀にタオルを投げつけ、照れ隠しにか勇太は文机の上の眼鏡を指さした。

「作ったんだよ、目が悪くなったから。勇太も本当は眼鏡掛けた方がいいんだよ、今度一緒に作りに行こう？」

「うっといからええて言うとるやろ」

慣れているから特に不自由はないと、目の前で勇太が乱暴に手を振る。けれど興味深そうに眼鏡に手を伸ばして、勇太も真弓がしたように耳に掛けて試した。

「……全然ちゃうもんやな」

「でしょ？　だから」

「こんななんもかんも見えたらかえって疲れてしまうわ」

首を振って眼鏡を外して、勇太が目を擦る。

一頻《ひとしき》りそうして勇太は、ただ真弓を呼びに来た訳ではないことを教えてしまう間を、空けた。

「なあ……秀。俺、こないだはあないなこと言うたけど」

顔を上げて口を切った勇太の話し始めたことがすぐにはわからず、秀が首を傾げる。

「仕事の話や。けどあれは、大河がおったらっちゅう話で」

特に気が進んでの話ではなく勇太は、頭を掻いて言葉を選び切れずに眉根を寄せた。

「よう考えたら一つやったら心細いやろ、なんぼなんでも。自分の仕事ぐらい、ちゃんと持っとったらどうや。もうええ大人なんやし」

さらりと勇太が言ったその一つのものが、秀の言った「杖」と同じ意味なのだと真弓にも知れる。

それがまたこの間大河が言っていた「何かもう一つのもの」と同じ一つだということが、秀にもよくわかった。

「……どっちが大人なんだか」

溜息のように、秀が勇太に笑う。

「大河が、おんなじこと言ってた。この間」

返された眼鏡を受け取って、戯れに秀はそれを耳に掛けた。

いつもよりよく見える勇太と真弓の顔に、微笑みかける。

「僕は……」

何か二人の安堵《あんど》する言葉を探そうとして、秀は爪先《つまさき》を抱えた。

「でも、何かが大河の代わりになるなんて思えないし」

探したものと違う答えが、仕方のないことのように秀の唇から離れる。

放してしまってから秀は、眼鏡を掛けた訳でもないのに初めて見たようにはっきりと自分の手足が見えることに気づいて、戻らない言葉を静かに見ていた。


ぼんやりと仕事の手も進まず頬杖をついて窓の外の鴨《かも》を眺めていた大河《たいが》のデスクに、見かねたようにそっと茶が置かれた。

「ああ……どうも」

誰なのかと顔を上げて大河が、そのお茶を置いたしなやかな指の先にいる人物に息を飲む。

「……竹下《たけした》……さん」

三つ年下の同僚に身を引きながら、大河は異様な緊張感をもって彼女の名前を呼んだ。

「飲んでいいの？　これ」

恐る恐る茶を指した大河の指に、竹下が吹き出す。

「随分落ち込んでるみたいだから。私だってお茶ぐらいいれますよ、帯刀《おびなた》さんだっていれるでしょう？」

恐縮して、大河は竹下のいれた茶を取った。

しかし緊張して今一つ味がわからない。ついこの間大河は竹下に、気軽に女性社員に雑用を頼み過ぎるとこっぴどく怒られたばかりだった。

「悪いね……どうも俺はそういうなんか基本がわかってないみたいで。うちに女がいないもんでな、いや特殊なのが一人いたせいで」

そのときは突然怒られたのでただ「悪かった」としか言えなかったが、こうして間が空いて改めて向き合うと情けないことに言い訳の一つもしたくなる。

「その、夢見がちなんだよ女には。よその家には白い割烹着とか白いフリルのエプロンとかした女の人がいて、何もかもやってくれると思い込んでたんだ。ガキのころ」

「最悪ですね……絶対結婚したくないタイプの男だわ」

彼女も仲直りのつもりだったのだろうが大河の言い訳は心証を悪くしたばかりで、竹下の片眉が高く上がった。

「深く反省してる。言っとくが本当に悪かったと思ってる。よく考えたらおかげさまで学生時代も女とうまくいったためしはなかった。あたしはあんたの母親じゃないのよとかっつって、拳で殴られたこともあったしな」

深く心に残っている大学の同級生の捨て台詞《ぜりふ》を思い出して、痛みも蘇《よみがえ》り頬を摩る。けれど勢い話さなくてもいい話をしてしまったと大河はすぐに後悔したが、それに免じてか竹下は笑ってくれたようだった。

「私、帯刀さんって、お母さんとかお姉さんとか妹さんとか、女の人に囲まれてお殿様みたいにすごく大事にされて育った人なんだと思ってました。逆だったんですね」

「それが君にとって最悪の男な訳なんだな……」

だが言われてみれば以前は明信《あきのぶ》にほとんど女房にやらせるようなことをさせて、明信は明信で文句も言わずに何もかもやってくれたし、今は秀《しゅう》がいるしで、彼女の想像はあながち間違っていないとはもちろん大河も言えない。

「……いや、実際俺は最悪だ。揚げ物一枚買うのにも苦労するし」

「揚げ物?」

呟いた途端竹下に不審げに聞かれて、なんでもないと大河は手を振った。

溜息のように、小さく竹下が笑う。

「この間は私、感情的になりすぎました。ごめんなさい、ちょっと八つ当たりみたいな感じだったのね」

不意に、竹下はそんなことを言って髪を梳いた。

「父と大ゲンカをしたところで」

改めて謝罪するように大河を見て、けれど竹下は顔を曇らせる。

「すっごく、帯刀さんとタイプが似てるんです……ごめんなさい、あたしったらまた」

見ているると父親を思い出すのか、結局は謝り切れずに竹下は眉間《みけん》を押さえて目を伏せた。

「いや、いいよ。俺本当に、そういう根本がなっちゃない人間だから……あ、居直ってるつもりはないよ。改善する。頭が柔らかいうちに気をつけねえと、どんなおっさんになるかわかんないもんな」

頭を掻いて大河は、今までの己をしみじみと省みるほかない。

「……ホントに八つ当たりだわ私。帯刀さん仕事では全然そういうところ対等にみてくれるし、マシな方なのに」

机に肘をついて竹下は、大河の言い分を聞かず溜息を深めた。

「私、肩肘張り過ぎなんです」

「そんなことないだろ」

「そうだとは言えませんよね」

少々無理をした大河を察して、竹下が苦笑する。

「何も、みんながみんなこんな風にあらなければとは思ってないです。一応。それぞれ、やりたいこととか幸せの形とか違うし」

何かふっと、話の風向きが変わるのを大河は感じた。

「だから……帯刀さんみたいな人には、ちゃんとその夢の女の人が現れて、それで何も間違ってないんだとは思います。帯刀さん素敵だし、理想のお嫁さん見つかりますよ。きっと」

少しだけ彼女の声音に、今までとは違うやり切れなさが映る。

彼女がイメージした恋人が秀と半分重なって、大河はそれを見透かされたのかと一瞬息を飲んだ。

「ちょっと、皮肉っぽくなっちゃったかな」

けれど目を伏せたまま笑んで竹下が席を立つのに、そういうことではないのだとすぐ気づかされる。

いかな鈍い大河といえど、彼女が残した気まずさの意味がわからないと言えるほど愚かではなかった。

それでも彼女は、何か気づいて欲しい訳でも望む訳でもないのだとも知る。彼女思うところの大河の求める恋人の役割を果たすぐらいなら、恋は叶《かな》わなくてもいいということなのだろう。

いつも自分を待つようにしていた恋人のことを、大河は思った。

待たせて、閉じ込めておきたいと思ったこともあった。いっそのこと何もかも自分の目の届く場所で思いどおりに、自分の与えるままの幸せに恋人が頷くのを見ていればそれで安寧が得られると思っていたところもあったような気がする。

そういうたちの悪さが、指摘されるまでもなく自分にはあると大河も最近自覚していた。秀のこと弟たちのこと、立ち入り過ぎて独善以外の何ものでもない干渉をしてしまうのだ。

「結婚したいなら仲立ちするよ」

なんの前置きもなく言いながら編集長が隣の空いた椅子に座るのに、大河は含みかけたお茶をまんまと吹いた。

「……いきなり飛びますね編集長も」

「あの子本当は君のことが好きなんだよ」

頬杖をついて編集長が、電話を取っている竹下を眺めて小声で囁く。

「セクハラで訴えられますよ、そういうことを社内で口にすると」

「でも結婚しても絶対うまくいかんと思うんだろうなあ。賢いよ、あの子」

「編集長も俺が最低最悪の封建主義者だと思うんですね……」

何もかも見透かしたようなことを言う編集長を憎く思って、恨みがましく大河は見た。

「そうまでは思わんさ。ただ、君が独身のくせにいつも真新しい靴下を履いてワイシャツの襟《えり》が清潔なのが気に入らんのだ」

指先で編集長が、確かに白い大河のシャツの襟を弾く。

「全部阿蘇芳《あすおう》先生がやってるんだろう？」

「いや……弟が」

本当に何もかも秀にやらせていると言う訳にもいかず、大河はあまりにも不慣れな嘘をついた。もちろん大河を知る者にはその嘘は一目でバレてしまう。

「そういう環境が楽になると、結婚だのなんだのが面倒になるものらしいね最近の若いもんは」

一目でバレたことは指摘せず、編集長は呆れたように頬杖をついた。

「まあ、いいよ。それも」

「何がですか」

投げやりに言われて、大河が焦って身を乗り出す。

ふと、気分を取り直したように編集長は苦笑して大河を見た。

「実際困るけど。でもどうにもならない訳じゃないし」

何をとははっきり言わず、慰めのように編集長が笑う。

「帯刀は初めての経験であきらめきれないだろうけどね、本人が書かないって言ったらもう書かないんだよ。それはどうにもならないことだから、あきらめて切り替えるしかない」

そして大河にはどうにもふっ切れずにいることを、あっさりと彼は口にした。

「書かないって、言って来たんだろう?　阿蘇芳先生は」

確認のように問われて、ただ言葉もなく頷く。

そうかと、残念に思う気持ちは隠さず編集長は溜息をついた。

「僕はあの人のことはよく知らないけど」

大河の机の上に積んである本を指で摩って、気持ちを紛らわせるように編集長が大きく伸びをする。

「いつも仕事やめたそうだったよねえ……いや、どんな仕事でもああいう人いるけどね。それでも結局続けて行くしかないんだろうって思ってたんだけど」

一冊を手にとって、眼鏡を掛け直して彼はそれを捲《めく》った。

「何かこう、何処かで自分の仕事を善しと思えずにいるような、許せずにいるようなところがあったじゃないの」

「え……？」

何処かで大河もそう思うことはあったけれどあからさまに人に知れているとは思わなくて、惑って口ごもる。

「書いてるものでそのまま本人を許そうとは僕も思わないけどね、寂しそうな物欲しそうな物書いてたし。ああいう人が書かなくて良くなったというなら……いいことなんじゃないかと、思うしかないよ。帯刀は阿蘇芳先生とは友達なんだろう？　元々」

パタンとページを閉じて、それがあきらめの合図のように編集長は本を置いた。

「しょうがないから喜べ」

慰めの代わりにか大河の肩を叩いて、彼は自分のデスクに戻って行った。

かけられた気遣いには感謝するほかなく、大河が頭を下げる。

仕事に戻ろうかと机の上を眺めて無駄になりそうな予定表が目に付き、もう尽きたとさえ思った溜息がまた大河の口元から落ちた。

秀と自分との間に感情以外のやりとりが介在することが、今はただやり切れない。

――おまえにはなんか、もう一つ持ってて欲しい。俺以外のものを。

あれは欺瞞《ぎまん》でしかなかったのかもしれないと、余計なことを言って聞かせたことを大河は悔やんだ。正直、一番困っているのは物理的な側面だ。秀の何倍も、大河にとって仕事の重要性は高い。そういう食い違いは仕方のないことだと大河はずっと自分に言い聞かせて来たけれど。

いっそ秀が他人ならよかったと、胸の内に大河は呟いてしまった。

どちらの秀かと自問して、それは間違いなく仕事相手の秀なのだとわかりながら罪悪感に胸が痛む。

――もう書かなくてもよくなっちゃったんだ。

秀が担当作家でさえなければ、この事態を大河は心から喜んだのかもしれない。

もう要らないと言われて、叶わない夢を手元で独り遊びのように紡ぐ必要はもうなくなったと教えられて。

どんなに嬉しかっただろう、そのときの自分は。

もしかしたら秀は本当は、嬉しいよと言って抱き締められることを期待していたのかもしれないのに。

落とした頭を上げて、大河はやり切れなさに髪を掻いた。

――だから……帯刀さんみたいな人には、ちゃんとその夢の女の人が現れて、それで何も間違ってないんだとは思います。

けれど大河は、これがその夢の恋人が現れたということなのだとは、どうしても納得できない。

――何処かで自分の仕事を善しと思えずにいるような、許せずにいるようなところがあったじゃないの。

何げなく呟かれた編集長の言葉を、大河は耳に返した。

自分以外の誰かがそのことに気づくと大河は思わなかったが、最初から秀にそういう気持ちが見えたことは否めないことだった。

学生のころ、秀にその才の片鱗《へんりん》を見つけて強く背を押したのはそもそも大河だったけれど、秀はいつも何処か何かに引け目を感じているようだった。

何か秀の書きたい気持ちを邪魔するものがあるのだと、いつかそれを取り払えたらと大河は胸の隅で願っていたが、はっきりと確信もできずただ何度もその道を降りようとする秀の手を半ば無理やりに引いて来た。

けれどもしかしたら秀は、ただ大河が手を引くからついて来ただけなのかもしれない。

背が冷えて、編集部の入り口に、ふっと彼《か》の人の姿が映ったように大河には見えた。

思い悩み過ぎたせいでついに幻覚を見たかと目を疑ったが、どうやら現実らしき秀が暢気《のんき》に手を振って頭を下げながら中に入って来る。

「お久しぶりです……どうも」

いつも通りに挨拶《あいさつ》をしながら編集長が、気の毒そうにちらと大河を見た。

もちろんこの部屋にいるものは皆、言うまでもなく大河に同情的であった。

「どうした、いきなり」

遠巻きな空気を秀も感じるのか、気まずそうにそれでも大河のデスクまでたどり着く。

「うん……あの、これ。まだ半分なんだけど」

言いながら秀は、右手に持っていた封筒を大河の前に差し出した。

「時期が時期だし渡した方がいいかと思って」

「これ」

「もしまだやらせてもらえるなら、やっぱり続けさせてもらいたいんだけど」

「……本当かよ」

夢か、と今度は我が耳を疑って大河が封筒の中身を確かめる。そこには確かに打ち出し原稿と、フロッピーが一枚入っていた。

「なんで、急に」

「なんか書きたくなって」

信じられず尋ねた大河に、曖昧に秀が笑う。

複雑な思いで、大河はその秀の顔を見上げた。

——もう一つは、本当は何か他にもっと大きな望みがあって、それが叶わないから創ることに置き換えてる人。

自分はそういうものだと、衒《てら》いもなく秀は明かした。

また書きたくなったというのなら、満ちたと思っていた何かが足りずにいるということなのかと、それはそれで大河には辛い。

これは二人の間のどうしようもなく埋まらない溝なのだと、思いでもしなければ折り合いはつかないのかもしれないけれど。

「ちょっと……二人で話したいんだけど、時間ある？」

勧めた椅子には座らず、秀は晴れた窓の外を指した。

「読んだらもしかしてすぐにわかると思うから、話しておいた方がいいような気がして」

言いにくそうに封筒を指した秀に、よく意味がわからないまま「わかった」と頷いて大河が席を立つ。

「少し出て来ます」

上着を取って断わった大河に、「行っておいで」と編集長が慈悲深く笑んだ。

居づらいのか秀の方が先に立って、編集部を出る。いつでも工事中の広い外堀《そとぼり》通りを無意識に渡って、さて何処に行こうかと大河は立ち止まった。

「小石川《こいしかわ》行きたいな、久しぶりに」

傍らで秀が、東京ドームの裏手を指さす。

「そうだな。そうするか」

色々行ったり来たりしながらも、やはり秀が仕事をする気になったことにはどうしようもなく浮いた気持ちがあることを隠して、大河はビルの合間の細い道に入った。塀沿いに歩いて、小石川後楽園の入り口で大河が二人分の入場料を払う。

中に入ると、百花園《ひゃっかえん》の十倍以上もあろうかという敷地に一瞬ここが東京だということを忘れた。遠くにドームの屋根が見えるが、果てが何処なのかわからないほどここは広い。

「田圃《たんぼ》があるんだね……ここ。何処にいるのかわかんなくなるね、こんなんじゃ」

刈り入れ間近の頭を落とす稲穂を眺めて、秋の日差しの透明さに秀は目を細めた。

「萩も、こっちはまだ終わってねえみてえだな。そんなに離れてもいねえのに」

百花園では終わっていた花が白や赤の花をつけるのはどういうことかと、歩きながら大河が呟く。

「あ、彼岸花が白い」

群棲する彼岸花の中に白いものを見つけて、物珍しげに秀はそこにしゃがんだ。

傍らに立ち止まり煙草を探しかけて、禁煙だったかと大河が手を止める。

手元が白く映えるような光に溜息をついて、しばらくは言葉もなく二人は庭園の秋を眺めていた。

「……この間君が言ったこと、よく考えてみたんだ」

よく見ると薄く桃色がかっている彼岸花に指先で触れながら、不意に、秀が口を切る。

「あのね」

いつもと変わらない、誰の気にも触らないだろう静かな不思議な高さの声で、秀は大河を見上げた。

よく声を聞こうとして、大河が傍らに屈《かが》み込む。

「ええと、もしかしたら……少し身構えてもらった方がいいかもしれない」

「身構える？」

「うん。そんな無防備に聞かないで」

「？　……ちゃんと聞くよ」

言いよどむ秀が何を言おうとしているのかまるでわからず、大河は首を傾けた。

ふっと、秀が大河に微笑む。躊躇《ためら》いながらも、喉元のその言葉を伝えたくてしょうがないというように。

身構えろと言われたのに、書こうというどんな新しい気持ちが生まれたのかと、大河は無防備に期待した。

「僕は明日君のところにトラックが突っ込んで来たら」

だが始められた話は大河の望んだものとは違って、膝の上に肘をついて秀は背を丸めて頬杖をついている。

「取り敢《あ》えずその場で死ぬことにした」

手がうまく頬に収まらないというように伸ばして、秀はまた彼岸花に触れた。

「……ちょっと違うかな。死ぬと思う。生きないと思う、が正しいかな」

ニュアンスを間違えたと首を傾けて、大河にとってはどれであろうと変わらない言い回しを秀が探す。

「だから長生きしてね。僕も長生きしたいから」

大河を振り返って、秀は大きく笑った。

「……は？」

理解したいはずもなく、硬直して大河が問い返す。

「だって地上で唯一僕を理解する人がいなくなる訳だし」

睦言《むつごと》か、それとも冗談かと大河に思わせてくれるつもりはないらしく、秀は仕方のないことだというように肩を竦めた。

「おまえ……」

何か言わなくてはと大河は口を開いたがすぐに言葉は見つからず、目眩《めまい》がしてそのまま後ろに腰を落としてしまう。

「……追っかけて来ても、知らねえぞ俺は。おまえとは今世限りだ。三途《さんず》の川で最初にあったやつと付き合うことにする」

「えー、来世とか死後の世界とか信じちゃってるの大河」

きょとんとして秀は、大河の言いたいことから最も離れたことを言った。

「おまえSF作家だろ!?」

「あんまり関係ないと思うけどなあ」

要らぬところでむきになった大河に、もう一度ついた頬杖を深めて秀が溜息をつく。

「死んだ後とか来世の話なんてどうでもいいよ。取り敢えずこの世に君がいなくなったら僕ももうそこで終了って話」

「終了ってな……おまえ」

何から咎めていいのかわからず、大河は髪を掻いて秀の目を覗いた。

「冗談なんだろ？　俺があんなこと言ったから怒って……」

「別に死ぬとは言ってないよ」

「言っただろが」

「だからそれは言い方を間違えたって……生きてられないよ。君がいなくなったら」

もう動かないことのように言って、秀が首を傾ける。

「何度も、想像してみたんだけど」

それでももう一度大河の目の前で、秀はそのことを考えて見せはした。

「だいたい、君の方が先に死ぬっていうのが想像しにくいんだよね……君は僕よりほとんど丸二つ年嵩《としかさ》だし、深酒はするしヘビースモーカーなのになんでだろうね。だから僕は君に言われるまでこういうこと考えたことなかったよ」

怒気を抑えている大河とは裏腹な明るささえ交えて、秀が続ける。

「……そうだ。今まで一度も、考えてみなかった」

手元の花を揺らして、ふっと何か慈しみのように映る様で秀は頰を緩めた。

「大事な人、失うなんてこと」

呟いて秀が満ちていることがわかっても、何故なのか大河にはまるでわからない。

「まああんまり、こういう年齢で考えることでもないと思うけど。だからそう深刻に受け止めないで。そのときはって話だから」

何処までが本気なのかきっと他人にはわからないのだろう話を、照れ臭い告白のように流してしまおうかと、大河は思いもした。恋人の愛しい睦言と、思える人もきっと多いだろうそんな話だ。秀自身が言うように、深刻に受け止めるのもどうかしていると自分に言い聞かせる。

けれど無理に笑おうとした頰を、大河はどうしても緩めることができなかった。

「……ふざけるなよ」

頬杖をついて花を眺めている姿さえ腹立たしく思えて、大河は強くその腕を掴んで引いた。

「そんなこと言われて俺が喜ぶと思ってんのか。おまえ」

「喜ばそうと……思った訳じゃないよ」

バランスを崩して掴まれていない方の手を地につきながら、秀が首を振る。

「怒らそうと思った訳でもないんだけど。ええと、だからね、仕事を始める気になったのは……」

「もう、いらなくないって」

力が籠もり過ぎて秀が顔を歪めていることに気づいても、大河は手を放せなかった。

「言っただろ？　おまえ」

角館《かくのだて》で、抱き合った後に秀が言った言葉を大河が辿《たど》る。

「……うん」

それに間違いはないと笑んで、腕の大河の指に秀が触れた。

「僕やっぱりあのときまで」

夏の初めの、川傍の部屋でのことを、秀も手元に返す。

「大河に……触れられるまで。ちゃんとは知らなかったんだと思う」

酷く幸いそうにそれを思って、秀は大河の肩に寄りかかった。

「自分が、いるってこと」

頬を肩に寄せて、その存在を確かめるように秀が目を伏せる。

「今は、自分が存在してるってことを知ってるつもりだし、君が大切にしてくれた僕が……僕にもすごく大事だよ。本当に」

離れ難くなったのか肩に留まったまま、秀は言った。

そう教えられて余計に、自分がいなければ秀がそこで終わるしかないように思えて来て、大河は衝動で秀の体を押し返した。

「……大河？」

「おんなじこと、俺が言ったらどう思うよ。勇太《ゆうた》はどうするんだよ！」

高ぶるまいとすることさえできずに、大河の声が上ずる。

「勇太はわかってくれるんじゃないかなあ……もう大きくなったし。最後にはみんな仕方ないって思うんじゃないかな。どうかな」

断言はできないけれどきっと皆が納得すると楽観視して、秀は苦笑した。

「きっと僕のことだからしょうがないって、呆れて笑うよ。それに君は……死なないよ。兄弟のこともあるし、何よりそんなことができる人じゃないし、僕が望まないのもわかってるはずだから」

「俺だってそんなこと少しも望まねえよ！」

「それは、よくわかってるけど」

勢いに押されて秀が肩を引く。

「それとこれとは話が別だし」

どう別なのか説明もせず、ただ困り果てたように秀は頬を押さえた。

「……なんかものすごく怒ってるね、大河」

「当たり前だろ」

「怒られるとは思ったんだけど、怒ると君怖いのに……なんで話そうと思ったんだろ。なんか言いたいことから話がずれた気がする」

歯を剥いて大河が睨《にら》むと秀はそれを恐れるように俯いて、恋人の憤りと噛み合わない溜息をつく。

「あのね、ネガティブな感情のつもりじゃなくて、僕は」

何か話そうとしたことを秀は探したけれど見失って、言葉を途切れさせた。

「できることとできないことがあると思うんだよね……」

呟いてもう続きを語ることをあきらめてしまい、秀が長い息を漏らす。

「つまり……ごめんこんなこと口に出したのが間違いだった」

「黙ってたって同じことだろ!?」

言わないべきだったという結論にたどり着いた秀はなお腹立たしくて、堪えられず大河は土を蹴るようにして立ち上がった。

様々な罵倒《ばとう》が喉に込み上げたが、声にしたら情けないことに涙に変わりそうでその場を離れる。

「大河……待ってよ！」

思いがけず素早く立って、秀が大河の腕に手をかけた。

「放せよ」

振り払おうとした弾みで、秀の目と大河の目が合う。

縋るようにしている秀の目が何を思うのか、大河にはまるで見えなくなった。

「俺が」

口を開くと、怒りにか悲しみにか喉が震えた。

「俺がおまえに持たせたいって言ったもの、わかってるっておまえ言ったよな」

「わかってる」

少しもわかっているとは思えない早さで、秀が答えを返す。

「秀。ちゃんと聞いといてくれよ。俺は」

壊してしまうような強さで、覚えず大河は秀の両肩を摑んだ。

「もし俺がおまえの人生から消えるようなことがあっても、その先も誰かといて欲しい。誰かを……愛していて欲しいよ」

言い聞かせて必死で訴えかけた大河の目を、物思うように秀が見返す。

「無茶言ってると思わない？　自分で」

溜息のように、秀は少しの苛立《いらだ》ちを見せた。

「できる訳ないじゃない、そんなこと」

呆れたように言いながら指先で掻いて、秀が腕に食い込んでいる大河の指を解く。

肌を指が離れるのを見つめて、大河は後ずさった。

「……大河！」

呼び止める声を背に聞いたけれど、振り切るように駆け出す。

大きな失望が大河を苛《さいな》み、そして責めた。

ぎりぎりまで部屋に籠《こ》もり、無言で洗面所を使い、顔を伏せたまま玄関で靴を履いているやけに丸くなった大河《たいが》の背を、溜息《ためいき》とともに秀《しゅう》は見つめた。

「朝ごはん食べてってば。毎朝一人分残っちゃって、僕とバースで一生懸命食べてるんだよ」

大河は何も答えず、うまく入らない踵《かかと》に舌打ちを聞かせる。

「食べ物無駄にするのとか良くないと思う」

靴べらを差し出した秀の手を、大河は無下に振り払った。

「自分のことは自分でやるからほっとけよ」

無理に踵を押し込んで、擦《こす》れた痛みに大河が顔を顰《しか》める。

「俺は嫁を貰《もら》ったつもりはねえからな」

「僕もいい年して男のくせにそんな誤解するほど図々しくないよ」

靴べらを掛け具に戻して、秀は肩を竦《すく》めた。

その飄々《ひょうひょう》とした物言いの全《すべ》てが癇《かん》に障って大河が歯嚙《はが》みする。

「……そういう態度に出たら僕が考えを改めると思ってる?」

気短にもそのまま出て行こうとした大河の手首を、秀が後ろから摑《つか》んで止めた。

「改めろ」

引き戸を開けようとした手をきつく握って、大河が振り返らずに低く言う。

「君と違って……僕は嘘《うそ》がそんなに不得手じゃないから、改めたって言うだけならただなんだけど」

落ちた肩を見つめて、秀は大河の重さに付き合わない声を聞かせた。

「言いたくないなあ。改まらないもん」

居直った秀に思わず、大河が唇を嚙んで振り返る。

「……そんなに深刻に受け止められると思わなかった。言わない方が良かったね、君の生真面目《きまじめ》さを忘れてたよ。それに少し考えれば、君が裏切りだと感じるのはわかったことだし」

強く睨《にら》まれて秀は、少しだけ切なさそうに首を傾けた。

「当たり前だ。おまえ……」

手を取られたまま大河が、伸びた前髪の隙間《すきま》から秀を見上げる。

「何考えてんだよ。何考えてんだか全然わかんねえよ」

「……白紙に戻っちゃった」

「おまえが戻しやがったんだろうが！」

大きな声を出して諫《いさ》めるようなことはするまいと思いながら自分を抑える余裕はなく、大河は秀の白い手を見つめた。

「俺はおまえに何をした？」

取り返しのつかない唯一の杖《つえ》を持たせることは、それがなければどうにもならない弱さを持たせることでしかなかったのかと。

「何をした……？　秀」

思うほどに大河は何もかもが悔やまれて、らしくなく声が弱く細った。

指が戦慄《わなな》いて、情けなさに大河は俯《うつむ》くことしかできない。

「大河……待ってよ、そうじゃなくて」

そうではないと首を振った秀の言い分を大河は聞けずに、手を振り払って家を出た。

「大河！　大河……！」

引き戸から裸足で、体裁も構わず秀は大河を呼んだけれど、すぐに足音も聞こえなくなる。

「……大河のこと怒らせると長い」

溜息をついて、秀は戸に肩を寄せた。

「前は六年も怒らせたんだった、そういえば」

不慣れだけれどこれは自分が心して仲直りにかからなければならないと決意すると、元々そういうことが不得手な秀の口元からはまた深い溜息が落ちる。

「だいたい気が短すぎるんだよね、大河は」

ぼやきながら後ろ手に秀が戸を閉めると、そこには今顔を洗って来たのか起きたばかりの勇《ゆう》太《た》が呆《あき》れたように秀を見ていた。

「何日目や。ええ加減にせえや」

「そのタオル、貸して」

養い子に叱《しか》られてばつ悪く俯きながら、秀がタオルを受け取る。

裸足で土間に降りてしまった足を拭《ふ》いて、秀は廊下に上がった。

「……ところでなんで俺起きんかったんやろ。真弓《まゆみ》は？」

「勇太疲れてるみたいだからぎりぎりまで寝かせてあげてって、先に行った」

そういえばまだ勇太が居残っていたのだと少し慌てて、秀がお勝手に向かう。

「ぎりぎりて、もうとっくに一限目始まってるやん」

「ごめん、僕が起こすの忘れてた。今ごはんするから、ちょっと待ってて」

「もうええ、ゆっくり行くわ。つまに、とばっちりやでこっちは」

本当は遅刻などまるで気にしないけれどこのときとばかりに喧嘩《けんか》のことを責めて、勇太は居間の飯台ではなくお勝手のテーブルに着いた。このテーブルは調理に使われているもので半分近く食品が載っているが、一人二人のときは運ぶのが面倒なので皆ここで椅子に座って食事をする。

「……ごめん。ホントにごめん」

「いつ終わるん」

「だって大河が怒ってまともに口もきいてくれないから」

その理不尽さを訴えて、秀はお茶と漬物を勇太の前に置いた。いつもは箸《はし》ぐらいは取る勇太だが今日は起こさなかった罰とばかりにただ椅子に踏ん反り返っている。

「怒って口きいてへんのとちゃうと思うで」

茶を啜《すす》ってみそ汁を受け取りながら、片眉《かたまゆ》を上げて勇太は秀を見た。

「なんや聞くのが怖いんやろ、あいつ。珍しな、あいつがあーなんのん」

箸を置きながら秀が、驚いて目を瞠《みは》る。

「……どうして勇太にはわかるの？」

「他人事《ひとごと》やもん。自分のこととちゃうからな、ドラマ観とるんと一緒や。傍から見た方がわかりやすいこともあるやろ」

驚くようなことではないと手を振って、勇太はみそ汁に口をつけた。

「仕事は結局することにしたんやろ？　そやのになんで拗《こじ》れとるんやそないに。おまえあいつに何言うたん」

熱さに顔を顰めて一旦置いて、白いご飯や鯵《あじ》が置かれるのを眺めながら率直に勇太が尋ねる。

「んー？　……恥ずかしいな、話すの」

「とかなんとか言うてどさくさに紛れて納豆出すな。退けてやー、堪忍してくれほんま」

テーブルの隅に置かれた納豆から身を引いて、鼻を押さえて勇太は騒いだ。

「食べてみたらいいのに。体にいいんだよ」

「無理や、そればっかりは。……ああ朝からけったくそ悪い。そんで、何しでかしたんやおまえ。こうなったら聞くまで学校行かへんで俺」

自棄《やけ》になって勇太が、口直しに煙草《たばこ》を嚙んで秀に凄《すご》む。

「こら、ごはん前に煙草よしなさい」

「臭い消しや、おまえが悪い。ちっとここ座れや」

言われて、秀は仕方なく勇太が指した斜め向かいの椅子に割烹着《かっぽうぎ》を脱いで座った。

「……なんか、すっかり大きくなっちゃったし元々大人っぽいし。そんな態度取られたらどっちが親だか」

「つまらんことぶつぶつ言うなあほ。おまえな、大河に捨てられたら終わりやで言うとくけど。誰もあいつほどにはおまえの面倒なんか見いへんぞ。まああいつはしつこいたちやから捨てられたりはせんかもしれんけど、あんまり甘えたな真似しとるんやないわ」

「どうして僕のことばっかり責めるんだよ」

「そしたらあいつが悪いんか？　ああ？」

口を尖《とが》らせて俯いた秀に、ふん、と鼻を鳴らして勇太が高みから問う。

黙り込んで、秀はテーブルに深く頰杖《ほおづえ》をついた。

「……こないだ大河がね、仕事僕がやめるって言ったときに」

二本目を取ろうとした勇太の手を煙草の上で、秀が潰《つぶ》して引き留める。

「明日俺のとこにトラックが突っ込んで来たらどうするつもりだって、言うから」

結局力では敵《かな》わず煙草を引き抜かれて、それが勇太の口元に運ばれる様を秀は恨みがましく見送った。

「あいつもようそんな……そんでどない言うたん」

「そのときは僕も死ぬ、って言ったら怒っちゃって」

両手で頰杖をついて暢気《のんき》に言った秀に、火をつけたばかりの煙草に噎《む》せて勇太が咳《せ》き込む。

「大丈夫？　勇太」

「お……っ、まえ」

喉《のど》を摩《さす》って咳を逃して、勇太は背に触れた秀の手を振り払った。

「なんやそれ！　俺はどないすんねんっ。俺のことはもうどうでもええんか!?」

「ごめん。もちろん勇太のことは考えたんだけどなんか許してくれるような気がして……」

半分立ち上がった勇太の勢いに気圧《けお》されて椅子の背に反り返りながら、両の掌《てのひら》を秀が見せる。

「許せるかあほう！」

「そんな。もちろん勇太のことは他のどんなこととも変えられないぐらい大事だよ。でももう勇太には……」

「ええ加減にせえや。おまえな、必要ないとか必要とか、そういうことだけで世の中動いてるんとちゃうんやど」

言いかけた秀の言葉の先を取って、低く声を憤らせて勇太は顔を顰めながら椅子に腰を落とした。

腹立たしげに唇を噛んでそっぽを向いてしまった勇太の頬に、困り果てて秀が指先で触れる。

「大河がいなくなったら、僕は生きてけないけど」

触れると、噛んだ勇太の唇の端がぴくりと震えた。

「勇太のためなら、いつでも死ねるよ。勇太のためなら、僕はどんなことだってできる」

「そないなこと……頼んでへん」

不意に弱くなった子どもの声で、俯いたまま勇太が呟《つぶや》く。

「そうだよね、それもわかるけど。まあ、譬《たと》えの話だから」

「おまえそういうとこ信用できん」

苦笑して、秀は勇太の指先に灰皿を置いた。

「……そんで大河が、怒ってしもた訳や」

「その通り」

「俺かて真弓《まゆみ》がそないなこと言い出したら怒るで」

「そうだよね」

言われればそんなことを言った自分が悪いということは秀にもよくわかっていて、溜息しか出ない。

「でもなんだか。色々、想像したら。勇太のこととかもね」

言いたくなって、と続けようとして、その我《わ》が儘《まま》さに秀は口を噤《つぐ》んだ。

「ごめんね、重たいこと言って」

「そういうの女やったら地雷女言うんやで。それだけでふられるわ普通」

「……ウソ」

「本気やてわからんかったら怒ったりせんわ、誰も」

ふっと、勇太が小さな子どもを見るような慈愛で秀を見つめる。

「おまえそういうとこガキと変わらんからな。言うたらあかんがな、思うても」

秀の前髪を撫《な》でるように弾いて、勇太はたいして吸わずに短くなった煙草を消した。

「けど、教えたかったんやろ。今までできへんかったことできるようになって」

「……うん」

うまく訳を話せずにいたことをすんなりと認められて、驚いて秀が勇太を見つめる。

「あいつがわからんのもしゃあないな。冷静になれんやろ、そら」

言ってから、少しだけ寂しげに勇太は笑った。

「ふん」

訳を問うような秀の目に口の端を上げて、勇太がもう一度煙草に手を伸ばす。

「おまえが何考えとるか、俺の方がわかっとることもあるしな。多分」

またその手を止められて、今度は振り払わずに勇太は秀の手を見つめていた。

「あいつより他人事やからな」

見慣れたはずの自分を止める手からゆっくりと顔を上げて、勇太が秀の瞳を覗《のぞ》く。

「なんや、別の人間みたいや。おまえ」

出会ったころと少しも変わっていないと時折思い違えていた秀の白い頬を、何か懐かしいもののように勇太は思った。

「会ったころからしたら考えられへん。俺、あのころからおまえが変わったらええとずっと思っとって……おまえ、ええように変わったて思っとるけど」

最後まで言えずに、覚えず勇太が俯く。

「時々は、寂しなるときもあるな」

小さな、やり切れなさを、他愛もない愚痴のように教えようとして、けれど勇太は声が掠れた。

「勇太……？」

手を伸ばして、下りた黒い髪に秀が触れる。撫でるうちに秀は、肩に勇太の髪を両手で抱いてしまった。

出会ったばかりのころはどうしたらいいのかわからなくて、わからなくなるごとに秀は闇雲に勇太を抱きしめた。その度に勇太は酷《ひど》く嫌がったけれど何度もそれを繰り返すうちにやがて抗《あらが》わなくなって、そうしたらいつの間にか抱きしめることは必要なくなっていた。

「勇太は僕の子どもなんだなあ」

もうまるで嵩《かさ》が違うけれど自分の腕の中に納まるような背を、愛しさで秀は手放せなくなる。

「……あほ」

照れた口をきいて、勇太は秀の肩を掌で押した。

「普通のおとんは十八の息子にこんな真似絶対せんわ」

けれど聞かず秀が髪を抱いているのにあきらめて、勇太の額がその肩に縋《すが》る。

「いいじゃない。うちはこうで」

両手でその背を抱いて、秀は笑った。

何げない呟きに、勇太が一瞬目を瞠る。

「おまえ」

いつかそうしたように、勇太は秀のシャツの端を摑んだ。

「ほんまに……変わった」

胸に込み上げるものに背を押されて目を閉じる。

夢に見たような幸いと、そして寂しさとの両方が、勇太の胸を搔《か》いた。

シャツの肩に触れた勇太の熱が微《かす》かに上がるのを、ぼんやりと秀が感じる。

「いい子に育って……もう何も思い残すことないや」

「笑かすな」

本気の秀の呟きがおかしくて、勇太は笑った。

「はや仲直りせえよ、俺かていつまでもこないして聞いてやれんのやからな。メシ替えて、冷めてしもたやん」

少し無理に声を張って、勇太が今度こそ秀の肩を押す。

言われるまま茶碗《ちゃわん》を抱えて炊飯器の前に立ちながら、ふとその言いようが気になって秀は勇太を振り返った。

「真弓ちゃんと二人で暮らすとか、考えてる？　もしかして」

卒業も近い二人のことが気になって、ご飯を分け直しながら秀が小さく問う。

「卒業言うたかてあいつまだ学生やし、今すぐとか思わへんけど」

温かい碗を受け取って、勇太は箸を取った。

「まあ、いつかはな」

みそ汁は冷めたまま啜って、始めると早い食事を瞬く間に半分終える。

「そういうもんやろ。いつまでもおまえや大河の世話にばっかりなってられへんがな。明信《あきのぶ》かていつ龍《りゅう》のとこ行ってまうかわからんし、丈《じょう》は嫁さんもろたら出てくやろし。そのうち二人っきりになるやろから、そしたら好きなだけ喧嘩でもなんでもしたらええわ」

胡瓜《きゅうり》の浅漬けを嚙みながら、勇太は肩を竦めた。

「……そうだね」

自分の分の茶をいれながら秀が元の椅子に着く。

「……やだ。そんなの絶対やだ！」

だが物分かりの良さを見せたのは一瞬で、不意に秀は堪えられなくなって飯台に突っ伏した。

いれたばかりのお茶が倒れて、強《したた》かに勇太の制服を濡《ぬ》らす。

「おまえな……」

それ以上何も言葉は出ず、ただ呆然《ぼうぜん》と勇太は滴るお茶を眺めた。


休日だけれど家に居る気にはなれず、大河《たいが》は百花園《ひゃっかえん》のもう完全に終わった萩のトンネルを縁台から眺めていた。金木犀《きんもくせい》が匂い、硝子《ガラス》を弾くような日差しは冷たく、冬の訪れが近いと知らされる。

こういう習慣は、いつまでも直らないものなのかもしれないと、色づく秋の葉を眺めながらふと大河は思った。

いや、直るというのとは違う。一つ何かが片付けばその度ごとに、もう二度と独りでここに座ることなどないだろうと思い込むのだけれど、必ず何か次の行き違いが起きる。それが自分ではない別の人間とともに居るということなのだろうと、大河にもわかってはいるのだけれど。

「……なんもかんも片付いたような気になってたから、余計に参ったな」

髪を掻き毟《むし》って、灰皿の近くに寄って煙草を嚙む。

告白とともに渡された向き合えずにいる原稿に手を着けなければと何度か思いながら、大河は腰を上げられなかった。読めばわかるかもしれないからと、秀《しゅう》は言った。わかるのも怖いし、わからないのも怖い。

――だからね、仕事を始める気になったのは……。

そういえば何故また仕事をする気になったのかを聞いていない。

間違った方法で手を引いて思うままにしたのかもしれないと思うと、それを聞くことにさえ大河は臆病になった。

――帯刀《おびなた》さんみたいな人には、ちゃんとその夢の女の人が現れて。

確かに子どものころは、いつか、少なくとも姉とは正反対の、全てのことに頷《うなず》いてくれるような伴侶《はんりょ》が現れることを疑っていなかった気がする。酷く幼い望みだけれどその愚かしさには気づかず、夢の人を待っていた。

今にして思えば出会ったころの秀は、女ではなかったにしろ幼稚な理想には近いものがあった。だからきっと最初は大河もそのままの秀にひかれ、それで良かったころも確かにあったのだ。

京都《きょうと》に、行くなと行ったら行かなかったと。好きな人の言うとおりにしたいと思う気持ちの何が間違いなのかわからないと、二年前の夏まで恋人はそんなことを言っていた。

――それで何も間違ってないいんだとは思います。

それでいいとどうしても大河が思えなかったのは、実際恋人と向き合うようになって、そんな頷きには納まらないそれ以上の何かを、秀がその手に持つことができるとわかったからだ。誰でもそうするように、秀にもそれができるはずだと、信じたから大河は秀を夢の恋人のままにはできないと足掻《あが》いた。

——生きてられないよ。君がいなくなったら。

できるようになったと、大河は思ったのに。

——何度も、想像してみたんだけど。

秀が頼りなく大河に聞いた、愛するということ。みんなと同じに、おまえにもできているよと、教えたのに。

これが秀の愛するということなら、大河は自分が何処《どこ》かで間違えたのだとしか思えない。できていないと、もう秀には言えない。そうではないと決して秀には言いたくない。

「これ、なんだ」

不意に、後ろからよく知った声がして、秋の花がいきなり見えなくなった。

休日にはあまり見たくない会社の名前が入った大判の封筒が、大河の目の前を塞《ふさ》いでいる。

「残りの、原稿なんだけど。いらない？」

隣に座って秀が、憎たらしくも封筒をはためかせる。

「……っ……」

歯噛みして大河は、ここで折れる気にはやはりなれず封筒を睨んだ。

「……もう、強情なんだから」

呆れたように溜息をついて、秀がすぐに縁台を立つ。

「欲しかったら今日は僕に付き合って」

「おまえは……っ」

あまりにも卑怯《ひきょう》な手で迫って来た秀に心底腹が立って、大河は声を荒らげた。

「もう知るか！　俺はっ、そんな卑劣な手にかかって、俺が死んだらおまえも死んでいいなんて死んでも言わないからな!!」

「死ぬって何回言ったの今……誰もいいって言って欲しいなんて言ってないってば。僕はそうするって話で、だから話を」

「聞くかっ」

秀が冷静であるほど大河は焦燥して、まともに向き合ったら自分が何を言い出すかわからない。迂闊《うかつ》なことを言うよりは今は離れた方が、などと判断した訳ではなくただ頭に血が上って、大河は縁台を立って駆け出した。

「ちょ……待ってよ大河！　もうっ、いつまでそうやって……っ」

こうして大河が去っても一度も走って追うことはなかった秀が、驚いたことに後ろから駆けて来る。

「どうしたんだい？」という管理人の声を聞きながら、二人は走って馴染《なじ》みの百花園を出た。

あっと言う間に距離は広がり、商店街を通り抜けようとすると、知る人に会う度に大河は「一体何事」と、聞かれる。

「大河ちゃん……いい大人がおっかけっこかい」

「ほっといてくれよ！」

引っ込みがつかず立ち止まり所もなくて花屋の前を通り過ぎると、水を打っていた主人が口笛を吹いた。

「なんだお二人さん、仲直りか？」

「たっ、大河兄!?　何やって……っ」

隣でバケツを整えていたバイトが、似合わない素《す》っ頓狂《とんきょう》な声を上げる。

「秀さん……大河兄！　秀さんがっ、秀さんが!!」

もう随分距離を引き離してしまった秀が花屋に差しかかったのか明信《あきのぶ》が上げる声にさすがに引き留められて、大河は足を止めた。

見ると秀は限界を迎えて、花屋の前で膝《ひざ》をついて屈《かが》み込んでいる。

そのまま捨てて行こうかと思ったが龍《りゅう》が水をくれているのを見るとそうもできず、仕方なく大河は商店街の皆様の非難めいた視線を浴びながら五十メートルほど戻った。

「喧嘩は家の中でしとくれよ、編集さん」

先日とばっちりを食った本屋の主が、恨みがましく大河に声をかける。

「……悪ぃ」

もう二十年以上も帯刀家では誰と誰が喧嘩したと言っては町内に迷惑の限りをかけ続けて来たので、謝った大河の声もいい加減お座なりになった。

両の掌を商店街の路面についた秀は、明信に背を摩られながらまだ一声も発せずにいる。

「勇太《ゆうた》の……小学校六年生の……運動会で親子リレーに……若いお父さんだからって……出させられて……」

切れ切れの声で、龍に水を含ませられながら秀は不意に口を開いた。

「ゴールで貧血起こしてから……ええと、六年。全力疾走なんてしたことなかったのに……酷いよ大河」

何が言いたいのかと思えば秀は大河を責めて、明信の腕の中に打ち崩れる。

明信は明信で立派な非体育会系で、自分より長身の秀を支え切れず後ろに尻《しり》をついた。

「ったくおまえら、もやしにも程があるぞ」

呆れて龍が、猫の子を捕まえるように二人の後ろ襟《えり》を掴んで立たせる。

「龍ちゃん、それいつの表現……」

「大河も大河だ。こんな生っ白いひょーろくだまみたいな先生から全力疾走で逃げるなんざ、それでも男かよ」

「生っ白い……ひょーろくだま……？」

襟を摑まれながらそれはもしや自分のことなのかと、呆然と秀は反芻《はんすう》した。

「それはともかく……そうなんです龍さん。僕たちここのところずっと喧嘩してたんですけど」

「またかよ」

表六玉とは一体なんのことだったかと首を傾げながらも秀が、ようやく息が整って口を開く。

「またなんです。でも僕、仲直りしたくて話をしようとしたらいきなり大河が走りだして」

「そうなの？　ひどいよ大河兄、走ったりしたら秀さんが勝てないのわかり切ってることじゃない！」

そんな体力勝負に持ち込もうとしたのかと、運動能力に自信のない明信は我がことのように兄に抗議した。

「別に俺は走って勝ち負けを決めようとした訳じゃ……だいたい元はと言えばこいつが卑劣な手を……っ」

「男らしく、逃げてねえで話ぐらい聞け。聞かなきゃ始まんねえだろうが、ずっと逃げてる気かおまえ」

何を知っている訳でもないのだろうに、一般論として龍の垂れた説教が、今の大河にはぐっと胸に突き刺さる。

「……そうだな」

「じゃあ、お花貰《もら》える？　明ちゃん。竜胆《りんどう》と小菊の束を二つ」

項垂《うなだ》れた大河の横で何故だか秀は、場に全くそぐわない悠長さで花を買うと言った。

「家に戻らないの？　秀さん」

きょとんとして明信が、それでも反射的に指された花を二つ取る。

ポケットからお金を出して秀は、不思議そうにする明信に渡した。

「仲直りのデート」

「ね」

他所《よそ》を向いている大河をちらと見て、秀が花を受け取りながら笑う。

「……仏壇花持ってか？」

不審を露《あらわ》に呟いた龍の声を背に、渋る大河の背を押して秀は花屋を離れた。

機嫌よく秀は仏壇花を二つ抱えて、真っすぐ駅にたどり着く。駅で秀は、二人分の切符を買った。

電車に乗るなら定期を持って来たのにと大河は思ったが、口を開くのがいやでそっぽを向いたまま空いた休みの電車に乗り込む。

席は空いていたけれど終点はすぐで、無言で二人は窓際に立った。大きく隅田《すみだ》を渡って浅草《あさくさ》に着き、今度は地下に潜って銀座《ぎんざ》線に乗り換える。

「話って、何処まで行くんだよ……」

二度目の切符を渡されて、さすがに困惑して大河は尋ねた。

「やっと口きいてくれた」

微笑《ほほえ》んで秀は、答えを言わない。

少し混んだ銀座線で上野《うえの》に着いて、秀はそこで降りた。公園口に上がって、人の多い上野公園の横を通る。

「やっぱり日曜は人が多いね、動物園」

向かい合わせの古い大学の前を通って、秀は観光客は入り込まない細い路地に入った。

「学生のころ、よく来たな。この辺り」

覚えず大河は、懐かしさに呟きを漏らしてしまった。

二人が通っていた都立高校はここから少し歩く根津《ねづ》にあって、大河は浅草には上らず下って千住《せんじゅ》を回って通ったが、気が向くと時々上野から闇雲に歩いた。放課後に秀の家に寄ると秀が駅まで一緒に行くと言うことがあったから、少しでも歩きたくて上野から帰った。今はもう跡形もないと聞く秀の育った家は、その根津にあったのだ。

「明ちゃん高校、上野だったんだってね。すごく場所も近いのに、一緒に帰ったりしなかったの？」

「するかよ、男兄弟でそんなこと。それに……」

確かに明信が上野の高校に入った年、バイク事故のせいで留年した大河はまだ三年生だった。だがそのころはバイトがない放課後はいつも秀と一緒で、家の騒がしさもよく覚えていない。

都内にしては広い、古い屋敷だった。笑うところを大河は一度も見なかった翁《おきな》と二人で、秀は真夏でも冷えたように感じる家に住んでいた。いつも音も立てずに戸を引いて、他人にかけるような丁寧な言葉で秀は翁に帰宅を告げた。

「……おまえ、何処に行くんだ?」

詳しく秀が話したがらないが秀の祖父母の家屋敷は相当なもので、けれど遺産は学費を貰っただけでもう自分は何も持っていないと、縁を戻したころに大河は聞いた。祖父が亡くなった途端に親戚が現れたと秀は笑ってはいたが、あまりいい思い出ではないのか秀が根津の話をすることはほとんどない。子どものころからそこに育ったのに、会いたい人もいないと、事もなげに秀が言うのを大河は聞かされていた。

「思ったより遠いね、上野からは。日暮里《にっぽり》に行けば良かったんだろうけど、上野を一緒に歩きたくて」

「根津に行くのか? それなら……」

北千住《きたせんじゅ》から千代田《ちよだ》線に乗れば真っすぐ根津に行けたのだと、言おうとして大河が口を噤む。

多分秀は大河がそうしてわざと上野を回っていたことに、今も気づいていないのだ。

「根津までは行かないよ。行っても誰も、いないし」

閑散とした谷中《やなか》の町を歩いて、秀は霊園の入り口で立ち止まった。

「ここ」

桜並木の枯れ葉が落ちる広い通りを、秀が指さす。

「おじいさまのお墓が、あるんだ。祥月命日なんだよ、今日」

ありとあらゆる落葉樹が順番に紅葉を待っている霊園の入り口で、秀は線香を買った。小さな紅葉《もみじ》は一人で赤く、秋楡《にれ》や欅《けやき》が次に控えている。

「……ここが菩提寺《ぼだいじ》だったのか。初めて聞いたな」

手桶《ておけ》を貰い水を汲《く》んで、大河はそれを持った。将軍家の仰々しい墓と、美貌《びぼう》で名高い昔の役者の墓の間の桜並木を、ゆっくりと進む。

「僕は死んでもここには入らないと思うけどね。墓守りは他の人がしてるから」

それが不意に現れたという親戚なのか、曖昧《あいまい》に秀は笑んだ。

「祥月命日なんて言ったけど、僕もここ来るのすごく久しぶりなんだ。三回忌以来。こういう日に来て誰かとかち合っても気まずいかなと思って」

うろ覚えの小道を、座標を頼りに秀が歩く。

誰が植えたのか黄色の実をつけた山査子《さんざし》を右手に眺めながら、阿蘇芳《あすおう》、と刻まれた墓標を見つけて秀は立ち止まった。

かち合うことを心配するほど、人が通っている様子はない。

花もない墓を見ていたら大河は、知らない間柄ではないのに一度も参らなかった不義理が急に申し訳なくなって、一度頭を下げてから墓石に水を掛けた。

「もっとまめに来るべきだったかな。大河、ライター貸して」

花を上げて、包まれていた花屋の紙を秀が丸める。

「中々つかねえぞ、線香は」

知っていれば新聞の一つも持って来たのにと、桶を置いて大河は紙の端に火をつけた。掌で微風を避け、すぐに線香の束を翳《かざ》す。

「すぐついたじゃない」

「慣れてるからな。親父とお袋の墓参り、年期入ってっから」

大きな火を上げた線香を強く振って、煙が上がったところで大河はそれを二つに分けて花の側に差した。

「そうだったね」

既に何度か付き合った命日やお彼岸のことを思い出しながら、秀が手を合わせる。

隣で同じように手を合わせ目を閉じて、随分長いこと大河も翁の墓を拝んだ。

「……なんで、急にここに？」

ゆっくりと手を下ろして、立ち上がらない秀に大河が問う。

「うん……随分行ってないなあって、ふっと思って」

屈んだまま線香から立ちのぼる太い煙を見つめて、秀は後ろに尻をついた。

「生きるだの死ぬだのって、考えたからか」

「んー、それとは関係、なくはないか。あるけど、ちょっと大河が思ってるようなこととは違うかも」

膝を抱え込むようにして秀が振り返るのに、長居なのかと察して大河も石段に腰掛けるようにして足を落とす。

「仲直りは、したいんだけど」

乞うように見られて、瞳を合わせては押し切られると大河は横を向いた。

それでいいと、もし秀がどうしても言って欲しいのだとしても、いくら考えても大河には言えない。冗談のようにでも睦言《むつごと》のようにでも、大河には決して頷いてはやれない。

望むことはいつも、長い孤独のときを過ごして来た恋人の、幸せと呼べる時間でしかないのだから。

「今まで僕、あんまり家の話したことなかったよね」

強情さにくすりと笑んで、ふと、秀は違う風向きの話を始めた。

「……ああ」

気にかかることを言われて、大河も僅《わず》かに秀を見る。

「話すほどのことじゃないから話さなかったつもりだったけど……」

秋風に攫《さら》われた己の髪に秀は触れたけれど、前髪は上げずに爪先《つまさき》を見ていた。

「やっぱり、話したくないから話さなかったみたいだ」

苦笑して秀が、もう一度大河を見上げる。

「……そう、思って、聞かなかった」

両親が最初からいないと聞けばそれだけで事足りるような気もしたけれど、いつでも不幸を負ったような厳しい顔をしている翁のこともどうして秀に親がいないのかも、大河はちゃんと聞いたことがなかった。

何かの弾みに話がそこに近付くと曖昧に笑う秀に、話す準備がないのだろうとわかっていたので。

「あんまり、思い出さないようにしてたみたい」

けれど秀はたいしたことではないから話さないのだと頑《かたく》なに信じていたようで、知っていた大河に驚いたように目を伏せる。

「うまく話せるかな……聞いてくれる？」

「……ああ」

どうして急にと大河は思ったけれど、抗わず頷いた。どんなきっかけにしろ秀がどうしても話さずにいた家のことを語る気になったというなら、聞かないではいられない。

「じゃあ、ちょっと喧嘩は休戦だよ」

いつもと変わらない顔で、秀は笑った。

「おじいさま、覚えてる?」

一息だけついて、秀がすぐに口を開く。

「もちろん。挨拶《あいさつ》だけなら、三年間したし」

白髪の、背が真っすぐに伸びたいつも和装の老人のことを、大河ははっきりと目に映した。秀の部屋に上がり帰る度に必ず大河はその人に挨拶をしたが、声を聞いたのは一度きりだった。

「そっか、そうだよね。……そういえばあのころ考えもしなかったけど、大河の家に一回も連れてってくれなかったね。うちにある蔵書引っ繰り返したりビデオ観たり映画観たり、今思えばなんか僕たちのしてたことなんて」

遊びらしい遊びではなかったのにと、秀は苦笑した。

「それは、うちはあのとおり騒がしいし人が多いし。あいつらだって友達連れて来たりしないだろ? それに祭りにはいっぺん、誘ったぞ」

少しばつ悪く顳顬《こめかみ》を掻いて、大河が見たままの訳を語る。

「お祭りは……いいなあ、って言ったら。すごく来て欲しくなさそうに、来るかって言うんだもん。行ける訳ないじゃない」

「学校じゃ多少は斜に構えてただろ、俺も。でも祭りで家族や幼なじみといると弾けちまうから、見られんの恥ずかしかったんだよ」

「自分で思ってるほど外と内と違わないよ、大河」

背を丸めて、くすくすと秀は声を漏らした。

「言ってろ」

「でも一回くらいは、押しかければ良かった。最近よく考えるんだ、あのときに一回でもみんなに会っておきたかったなって。高校生の明《あき》ちゃん。中学生の丈《じょう》くん。小学生の真弓《まゆみ》ちゃん。かわいかっただろうなあ」

どんなにか愛しかっただろうと、心からそれを残念に思って秀が溜息をつく。

「……そんな風に思うと、少しは悔やむな。ただ、な。おまえはよくわかんねえだろうけど俺は、無自覚にしろどっかおまえには疚《やま》しい気持ちがあったから」

言われると大河にも残念に思えたけれどそのころの自分の気持ちを思うと、やはり家に連れて来たりする気にはなれなかったのだろうと思えた。

「彼女とか、あの家には連れてけねえみてえなもんで。特に姉貴がいたらどんなことになっかわかったもんじゃねえしな」

一目で見抜かれるということもあり得なくはないかもしれないと、想像して大河が背を寒くする。

「僕もあのころは大河の家に行くなんて発想、なかったけどね。羨《うらや》ましがって、話はよく聞かせてもらってたけど」

「出会う時期ってのは、決まってるんだろ。なんでも」

仕方がないと大河が教えると、そうだねと秀は長い息をついた。

途切れた声の間を風が通って、日差しがふと傾くのを感じる。

「……秀。話したくねえなら、無理に今話さなくったっていいんだぞ」

「本当はいつも」

察して小さく言った大河に、すぐに、秀は首を振った。

「全部話したかったんだ、大河には。でも」

続けようとして秀の声が、喉に何かが詰まったように閊《つか》える。

「人に話したことのない話だから、切り出し方がわからなくて。本当にたいした話じゃないんだ、多分概《おおむ》ね大河にも想像のついてるようなこと」

身構えてくれなくていいと、少し無理な笑顔を秀は浮かせた。

膝に肘《ひじ》をついて、頬杖をつく。墓石を見た秀の背が、微かに丸く撓《たわ》んだ。

「ここで眠ってるのは、多分僕の本当の祖父母。僕は天涯孤独って訳じゃないんだ……よくわからないけど親戚もいないことはないみたいだし」

それを問う相手もいないことを心細くは思って、頼りなく秀が言葉を切る。

「両親も、最初はいたみたい」

当たり前か、とまるで話にそぐわない冗談を言ったように秀は笑ったけれど、大河は何も言わず続きを待った。

「小学校に上がるぐらいまでのこと、僕あんまりはっきり覚えてないんだ。父親と居たらしいんだけど」

思いがけないことを大河に聞かせて、何度もそう試みたように思い出そうと頰杖を深めて、やがて秀があきらめる。

「覚えてないから、おばあさまと誰かが話してるのを聞いた話なんだけど。お父さんは仕事もしないで家に居て、何か、書いたり本を読んだりしてたみたい。廃嫡《はいちゃく》……言い方が古すぎるか。廃除にすれば良かったたって、時々零《こぼ》してた。それで、女の人が居着くようになって」

その老婆が使ったのだろう古い民法の言葉を、秀は言い直した。

「口もろくにきかないおかしな女って、おばあさまは言ってた。僕を産んだ人のこと。産まれて十日もしないうちにお風呂場に僕を落として、酷く叱ったらいなくなっちゃってそれきりだって」

少し早口になった説明の中で、秀はその人を母親と一度も呼ばない。

生まれるまでなんの手続きもなかったのか、秀が祖父母と呼んでいた人の養子という形になっていることは、大河も知っていた。

「しばらくしたら父が僕を連れていなくなって。何年も音沙汰《おとさた》がなかったんだけど」

何故だか他人の話をするように、秀の話すことの主格が怪しくなる。

「警察から連絡が来て、京都に……迎えに行ったら僕だけが居たんだって。こう、女の人が沢山いる部屋で。売春とかそういうの、してる人の。父はそこに居候してただけらしいんだけど警察に捕まりそうになって、逃げたって」

京都と言うのを、僅かに秀は躊躇《ためら》った。

もう一つの京都行きの訳をずっと言わずにいたことを、済まなく思ってか。

夜の仕事をしている女と秀が居たことがあったと勇太が言ったことを、大河は思い出した。絆《ほだ》されやすいからと後から真弓が言っていたけれどそういうことではないのかもしれないと、僅かな父親の痕跡《こんせき》を探るような秀の所業を大河は辛《つら》く思った。

「生きてるんだか死んでるんだか」

誰かが何度も言った言葉をなぞるように、それを言わなくてはならないと思うのか秀が呟く。

「京都のころのことを、僕は覚えてないんだ。父のことも全然覚えていないから、本当に京都で僕と居た人が父なのかも怪しい気がする。京都に六年住んでみたけど、結局何も思い出せなかったし」

言いよどんで秀の背が、余計に傾《かし》いだ。

「何もわからなかった」

父の行方を探したことを打ち明けるのが辛いのか、それを恥とも思うように秀は俯いたままでいる。

「祖母は、僕を怖がってた」

良くしてくれたと、通り一遍の言葉で何度か秀は祖父母のことを今までも語った。

深く触れ合わなかっただろうことはそれを目の当たりにした大河にもよくわかっていたけれど、あの根津の家があれほど寒かった理由をいまさら知らされる思いがした。

「祖父は、僕が本当に父の子なのかどうかずっと疑ってた。でもあれは、多分父に似ていないといいという意味で。おじいさまは心配だったんだと思う。僕が何か書く真似をしたり、父の蔵書を解いたりしたときだけ、火がついたように怒った。理不尽に叩《たた》いたりしない人だったけれど」

話すうちにか血の気の失せた指で秀が、何かを辿《たど》るように顳顬《こめかみ》を、頬を触る。

「一度、僕が書いたものを見つけて。そのときは杖で、気が狂《ふ》れたかと思うほど叩かれた。殺されるかと思ったよ」

「高校の……ときか？」

「君が来なくなった後の話だよ。燃やそうとして見つかって」

書くことを勧めたのは自分だったはずだと気に病んだ大河に、秀は首を横に振った。

「燃やしたのか？　あのころ書いたもの」

どうしてもそれは聞き流せず、声に咎《とが》める気持ちが浮かないように努めて大河が尋ねる。

その誰かへの疚しさを、ぼんやりとだけれど確かに自分は知っていたと、大河は改めて思った。知っていたからこそ、そっちへ行くなと、無理に手を引いたのだ。

「……ごめん。僕は、祖父母の目に普通の子どもとして映るように必死だったんだ。ずっと。普通と思えないところを見つける度に二人が、本当に怯《おび》えるから」

自分のことを語ろうとすればどうしても、秀の言葉はたどたどしく閊える。

「だから、仕事をずっとやめたかったのは、そういうのもあるんだ。普通じゃない仕事だとは思わないけど、いつかは何か、誰が何処から見てもまともだと思う仕事に就こうって最初から思ってた。君には本当に済まないことだけど」

息の継ぎ場所もうまく見つからず、うまく纏《まと》まらない言葉の終わりに秀は長く息を吐いた。

「バカみたいだよね、こんなの」

苦笑した秀に、言葉が出ないまま強く大河が首を振って見せる。

「……書くの、やだっただろ。そしたら」

「ううん。それは、前に君が勧めてくれたような、もっと自分の内側と向き合うようなことはとてもできないけど。僕が書いてるのはそういうものじゃないし」

想像よりずっと酷なことをさせていたのだという思いが、衝動で大河に口を開かせた。やめてもいい、いつやめてもいいと、言おうとしてそれでもまだ声にすることができない。

首を傾げて、愛しげに、そして悲しげに秀は大河を見つめた。

「違うんだ」

言えなかった大河の言葉を聞いたかのように、長い間を空けてようようそれだけ、秀は言った。

「僕……君と一緒に、眠って」

その夜の川からの風を思って、秀が瞳を逸らす。

「朝には、何もかも変わったような気がした」

恥ずかしげに、けれど酷く幸いそうに秀は衒《てら》いなく大河にはにかんで見せた。

「家に帰ってから、なんだか毎日浮き立った気持ちでね。もうおじいさまの厭《いと》うような何か、僕は纏ってない、もう違うって思って。あのころから連れて来たもの、全部捨てたくなった。これで書くことをやめればもう、おじいさまだって何も心配しない。僕が普通じゃないって嘆いたりしない。僕ももうそれを案じなくて済むって」

けれど重なる言葉が少しずつ、幸いと呼べるものから離れたことには秀ももう気づいている。

「君が、本当に僕を見てくれてるって、改めて知っていてもたってもいられなくなって。大急ぎで、逃げるみたいに。また、捕まらないようにって……」

今でも追うものに怯えて、秀は何かに髪を引かれたかのようにちらと後ろを見た。

そこに何があるのだろうと、大河が目を凝らす。

父親の影祖父の影、おまえもやがて人の道に外れると指を指す、秀自身の不安とが、暗く映って揺れた気がした。

「父と同じ生業、もうやめようと思ったらやめることしか考えられなかったんだけど。君がいなくなったらどうするって、言われて」

「……悪かったよ、あんな益体《やくたい》もないこと」

「この間も言ったけど、僕あんまり考えてみたことなかったんだ。そういうの」

笑った秀の言葉は確かに二度目だったけれど、それは大河には何か不自然なようにも思えた。

けれど思い出してみればいつでも、秀は未来の何かに不安を持ったりはしない。良い未来も悪い未来も、ずっと秀には意味を持たないことだった。

「先のこととか、やっぱりあんまりちゃんと考えられなくて。これはもう、癖みたいなものだと思うんだけどね。だけど初めてそうやって、ちゃんと考えてみたら」

戸惑いを察するように、秀が訳を教える。

未来を思うことができないと、前にも秀はそう言って泣いたことがあった。

「僕にも失うものがあるんだって、考えてみたら。勇太や、明ちゃんや丈くん、真弓ちゃん。それから、君を。僕はそのときどうするかって」

「……どう、するんだ?」

「君にも言えないよ」

「生きられない?」

「考えてもみて、大河。僕がいまさら」

どんなものを与えられてどんなものを奪われるというのか想像して欲しいと、言おうとして秀はけれど続きを継がない。

「ううん。これは君にはわからないことだ」

やけにはっきりとした声で、秀は言った。断罪とは違う、ただそこにある事実を教える声で。

風が落葉樹を揺すって、枝から葉の離れる音が続いた。

「大河」

遠くで鳥が鳴いて、それを追うような目をしながら秀が大河を呼ぶ。

「僕はやっぱり少し……おかしいんだと思う」

悲しそうな目をして、それでも、秀は小さく笑んだ。

「何……言い出すんだよ」

「人が僕を見たら狂ってるって、思うこともあるかもしれない。それぐらい」

「誰もそんな風に言わねえし、誰にもそんなこと言わせねえよ！」

肌を逆なでされるような思いがして大河が、誰が秀にこんなことを言わせるのかと声を荒らげる。

それは己なのかもしれないと、震えた。

「そんなに、怒らないでよ。だってみんな一度は僕のこと変だって言うし。それはやっぱり僕がおかしいからで」

「だけど……っ」

「いいんだよ、それは。そう言われないように気をつけてはみたけど、傷ついたりはしなかったから」

憤り膝を立てた大河の煮えた胸に、触れて秀が鎮めようとする。

「……でも気にしては、いた。ずっと」

僅かな距離を置いて座り直して、秀は、先を続けようと声を戻した。

「だけどこの間、君を失うかもしれない未来を想像して。僕は」

うまく繋《つな》がらない言葉を紡ごうと、秀がぼんやりと手元に視線を落とす。

「本当に、とても無理だって思って。愛情って呼んでいいものなのかもわからないくらい、君のことが僕の全てで。まともだなんて、とても言えないくらい息苦しくなって。それで僕がもうそこからは生きられないって言うなら自分がいない方が良かったたって、君は思うかもしれないけど」

返したい大河の言葉を全て拾うようにして、秀は声の向かう先を探していた。

「僕はずっと生きてるのか死んでるのかもよくわかんないような人間だった」

明かりの暗い根津の家で、日が暮れるのにも気づかずに本を読んでいた秀を、大河は思い出した。

最初のうちはきれいだと、思うこともあった。西日が差しても眩《まぶ》しい顔もせずに息の音もたてずにいる秀は、けれど生きているのだろうかと段々と怖くなった。吐息を確かめようとして覚えず触れてしまったことも、幾度かある。意味がわからないというように、その度秀は笑っていた。

「前の僕なら」

あのころと同じ西日が秀の頬に差したけれど。

「君の願いどおりにしたと思う。どんなことでも」

もう十八の彼ではないことが、続きを聞かずとも大河にもすぐに思い出せた。

「でも今は、聞けない」

秀がほとんど持つことのなかった意志が、薄い色の瞳の中に留まっている。

「今はもう聞けない」

光を弾いて瞳が透けても、それが揺らがないことが大河に教えられた。

「そう思ったらなんだか」

一瞬強くなった西日は、明日に連れて行かれるのか不意に弱くなる。

「いいかなって、思ったんだ。僕はあんまりまともじゃないのかもしれないけど」

息が継げない自分を想うのか喉を押さえて、陰る日の行方に秀は目を向けた。

「人と違っても……いいかなって。一度も、そんな風に思えたことはなかったのに」

それでも少し躊躇《ためら》いながら言って、秀がそれを教えたかったのだと大河も気づく。

「君にさえ言えなかったけど、祖父母が怖がったこの……父と同じ仕事も」

今まで誰にも言えずにいたことを声にしようとして、秀の唇がどうしようもなく戦慄《わなな》いた。

「したかったよ。僕はずっと書きたかった」

心の底に鍵をつけてしまい込んで来た望みを、秀が放す。

閉じ込めた鳥が立つのを見るように言葉を見送って、秀は大河を見上げた。

「言わなくても……君だけは知ってたんだね」

掠《かす》れた、酷く温《ぬく》もった秀の声が大河に届けられる。

そこにどんな秀の思いが在るのかすぐにわかったけれど、それでも大河は口を開くことができなかった。

笑おうとするのをあきらめて、溜息とともに秀が切なげに大河を見つめる。

「……我が儘《わがまま》だったね、聞いて欲しいなんて」

ごめんと、もう一度秀は謝った。

「秀……」

当てもなく、大河は秀を呼んだ。

わからないことを言って悪かった、今まで持てなかった新しい何かを、おまえが持つことができて嬉《うれ》しい。ずっと引け目にしていたような心を、おまえ自身が認めてやれて何より嬉しいと。

言ってやらなくてはと思いながら、声が続かない。

「……おまえのことがわかるなんて」

思いがけない言葉が、大河の意志に抗って唇から零《こぼ》れた。

「言わなけりゃ良かった」

言ってから酷く悔やんだけれど、唇を噛み締めても言葉は戻らない。

「……聞きたくなかった。おまえがなんて言ったってどんな理由だって、もしそれが悪いことじゃないにしたって。俺が死んだらおまえも死ぬとか、おまえが自分のこと……まともじゃないと思ってるとか」

もし自分がいなくなっても、誰かを愛する力を失わずに、息を継ぐことをやめずに幸福でいて欲しいと。

それを大河は、間違いようのない絶対の幸いだと信じていた。

「俺は聞きたくなかったよ」

けれど多分、秀には本当にそうではないのだ。負の思いではないと言った秀の言葉も、きっと、嘘ではない。

わかっても認めることは、大河には難しい。

そういうものが自分だと秀が笑っても、まともじゃないともおかしいとも大河は思わないし言いたくはない。誰かを愛していて欲しい幸福でいて欲しい息をしていて欲しいというそれが、大河には秀への、愛だから。

「俺は一度もおまえがおかしいなんて思ったことはないし」

悲しさと幸いが、少し似ていることに初めて大河は気づいた。

「これからも思わない。思わねえよ、秀」

胸が痛んで、唇を噛み締めて額に強く掌を押し当てても、涙が滲《にじ》んでくる場所は同じ場所のように思えて。

「そうだね……ごめん」

互いの望みが食い違うことは秀も最初から理解していて、だからこそ何もかもを告げたことを謝った。

それでも俯いて顔を上げない大河に、歩み寄り秀がその肩に触れる。

「本当に、ごめんね」

背に頬で添って秀はそれ以上言葉が見つからないと、ただ大河の側にいた。

仕方がないと口を開くこともできずに、大河は身動きもできない。

頷けないことが、二人の間に横たわったままでいた。それ以上一歩も動かないことも、今はどうすることもできない。

冷えた手で温もらせようとして、秀が大河の背を抱く。

「……僕ね、この間生まれたみたいな気がするんだ」

いきなり強くなる風が夜と冬を今日に運ぼうとするのを、髪に頬を寄せて秀が見送った。

ふと落とされた呟きに、目を伏せて大河が耳を傾ける。

「毎日、思うことが違うぐらいに目まぐるしい。急に、何もかもが変わったりはやっぱりしないけど。いつかは……本当に大河が僕に、望むこと」

覚束《おぼつか》ない声が、胸の内で大河が望むことを辿っていると教えた。

「心からできるって、思える日も来るかもしれない。辛いから、そんな君を見るのは」

抱かれるまま薄い胸に寄っているとそれでもやがて凍えが止んで、いつまでも俯いたままでいた顔を、大河が上げる。

「本当だよ。最近、前は少しも考えなかったようなこと、考えるんだ」

瞳を合わせて、何かのごまかしのつもりはないと秀は首を振った。

「……どんなことだよ」

あきらめはしなかったけれど今は待つことのほかにできないと知って、せめてそれを聞こうと大河が尋ねる。

「おじいさまの、こととか」

ちらと墓石を見上げて、秀は言った。

「僕が墓参に来なかったのは」

傾く日に追われて、散らかした跡を片付けようと秀が燃えかすを集める。

「来ても、おじいさまが喜ばないような気がして。亡くなってやっと僕や父から解放されたのに」

水の残りを花に足して、始末のつかない灰を一旦秀は水桶に入れた。

「京都行きも反対されるかと思ったけど、そうかと言っただけで。年寄りを独りにするのは気が引けたけど、世話は通いの人が居たし。何より僕が居ない方が……おじいさまは気が休まるような気がして、京都に行ったきりほとんど根津には帰らなかったよ」

片付けるものがなくなって、ぼんやりと秀が墓石を眺める。

「祖父が僕を見る目は辛かったし、それも仕方がないことだと思って考えないようにして来たけど」

向き合えば頼りない気持ちが込み上げるのか、秀は目を伏せて指先で花を整えた。

「色々、祖父にも僕には言えなかった父や……もしかしたら僕への気持ちもあったんじゃないかなって」

何か当てになるようなことを思い出しかけては覚束なくなって、曖昧に秀の声が途切れる。

「……いっぺんだけ、おまえのじいちゃんと話したことあった」

隣に屈んで、ライターをしまって大河はやっとまともに、口を開いた。

「本当に?」

驚いたように秀が、大河を振り返る。

「普段は挨拶ぐらいしかしたことなかったけどな。おまえなんか用言い付けられて、俺一人で残されて。帰ろうかどうしようか迷ってたらじいさん、玄関に出て来て」

遠い日のその忘れられない出来事を、秀に話したものかどうか大河は迷った。

「……三年の、正月だ。受験前で、俺もあんまりおまえのとこ寄れなくなってて」

話して聞かせていいかと、問うように大河が墓石を見る。

もちろん返事は返らない。それでも最後に見た老人の目が、はっきりと大河の手元に思い出された。

「急に、俺にお年玉くれるって言い出してな」

墓石を見たまま大河が言ったことに秀は目を瞠って、言葉も出ずにいる。

「封筒が厚くてさ、びっくりして。秀には言うな、どうしても受け取ってくれって言われて……貰う訳いかねえだろ？　だから俺逃げるようにして帰っちまったんだけど」

「どうして、そんなこと」

まるで訳がわからないと、案ずるように済まなさそうな声を秀は漏らした。

「あの後すぐおまえとは駄目になって、でも時々、あのときの金が気になった」

今にして見れば大河にはあのときの翁の行いの意味がわかる気がして、話すほどに辛い。

「どうしても、俺に渡したかったんじゃねえのかって。おまえを頼むって言いたかったんじゃねえかな。家に寄るような友達、いなかったんだろ？　ずっと」

手が節榑立《ふしくれだ》って、肉が沈んで血管が浮いていた。力がないのだろうに譲らない震える手が、少年だった大河には異様に映った。

「厚い封筒だったよ」

けれどあの非常識に厚い札が、どうすることもできない老人のやり切れない愛情だったのだと。いつからか大河は時折あの手を思い出しては、請け負うことができなかった自分を悔やんだ。

ぼんやりと秀はその大河の言葉を、食《は》み返すように聞いている。

「……そうか」

悔やんでも仕方のないことをわかってなお、秀の声が僅かに震えた。

「そんなことが、あったんだ」

どうしようもなく秀の肩が落ちて、泣くまいと唇を噛んでいる。

支えるように、大河はその背を抱いた。

「もっと早く、話せば良かったな」

「早く聞いても、理解できなかった気がする」

済まながった大河に、秀が俯いたまま首を振る。そのまま随分長いこと、俯いて秀は唇を噛んでいた。

「生きてると色々……やり切れないことも、あるね」

やがて、他に言いようはないと、ぽつりと呟く。

「……そうだな」

大仰な言葉とは思えず、大河は頷いてやるしかなかった。

後は言葉も続けられず、完全に消えた線香を見届けて立ち上がる。

何処かで、子どもに帰宅を促すオルゴールが鳴った。秋の日は釣瓶落《つるべお》としという言葉のとおり、瞬く間に辺りが暗くなる。

「タクシーで帰ろうか……」

灰を捨てて桶を返して、疲れたように秀は提案した。

「根津を回れば竜頭《りゅうず》町まで二十分だ」

思わず教えてしまった大河に、意味がわからないと秀が足を止める。

「遠回りしてたんだよ、高校のころは」

「そういえば時々根津駅使ってるのはなんでなんだろうとは思ってた……」

そのころ確かめても来なかった秀はいまさらきょとんとして、おかしそうに背を丸めて笑った。

「手ぐらい繋《つな》げば良かったたね、帯刀」

一緒にいたのにただもどかしかった学生のころの呼び名を思い出して、秀が大河の指の先を取る。

溜息をついてその指を眺めて、大河は何か大切な荷物が忽然《こつぜん》と消えていることにはたと気づいた。

「おまえ原稿は⁉」

「あ……」

言われて、秀も自分がいつの間にかすっかり手ぶらになってしまったことに気づく。

「電車の中に忘れて来た。多分」

「どっちの電車だよ」

「いいよ、大丈夫」

慌てて上野に向かおうとした大河に、気まずそうに秀は手を振った。

「そうだな、フロッピーがあるし……打ち出しもコピーしてるんだろ?」

「……あれ、見せ封筒なの。大河」

気を落ち着けようと頭を掻いた大河に、躊躇《ためら》ってから秀が告白する。

「……見、せ?」

「だって、できる訳ないじゃないそんな。どうにかして口をきいてもらおうと思って、出来上がった振りを」

両手を広げて打ち明けた秀に、なんとかここまで歩いて来た気力もついに潰《つい》えて、大河は霊園の出口で膝をついた。

「……俺にこんな精神的負担を与えてまで書きたいって気持ちが認められたんだ。これからは夢のような日々がはじまるんだよな。きっと。魔法みたいに原稿があがるんだよな？」

「だから、でもよく考えれば深層心理にその気持ちはあった訳で。認められなかったことが僕の遅筆に作用してたなんてそんな短絡的なことは」

ない、と言い切ろうとして秀は、さすがに気が引けたのかいきなり言葉を切った。

「タ、タクシーで帰ろう。ね。帰ったら心を入れ替えてすっごく頑張るから僕！」

宥《なだ》めるように戦慄《わなな》く大河の背を摩って、秀がタクシーを止めに駆けて行く。

溜息をついて大河は、薄闇に溶けるような秀の背を見送った。

たどたどしく秀の言った沢山のことが、今もちゃんと腑《ふ》に落ちてはいない。

——これは君にはわからないことだ。

自棄《やけ》のようにではなく言った秀の呟きが、大河の耳に返った。

——僕はやっぱり少し……おかしいんだと思う。

声を思い出せば今も肌は粟《あわ》立つようで、いつか凪《な》ぐとは思えない。

ずっと自分を苛《さいな》んだ記憶を、肉の落ちた戦慄く老人の手を、大河は思い出した。あの手も初めはわからなかった。けれど強い楔《くさび》のようにずっと胸の内に残って、幾度かは老人の秀への痛みが自分を動かしたことがあったように、今になって大河は思う。

思いは、杭のように動かずにいる。いつかそれが、誰かを幸いに押し出すこともあるのかもしれない。

わかり合うことだけが全てとは言えないと、胸の隅で微かに思うのが大河には精一杯だった。

——わかるのは十年付き合った人間ぐらい。つまり地上で俺ただ一人だな。

数日前に秀に告げた言葉が、ふと大河の耳に返る。

苦笑して北風に肩を竦め、タクシーを捕まえられずにいる秀に向かって大河は歩いた。

いつも通りの夕飯が済んで皆がそれぞれの床に着くころ、虫の声も強くなって大河《たいが》は疲れ切った体で洗面所に居た。風呂は夕飯の後すぐに入ったが歯を磨《みが》き残していた。本当はもう死んだように眠りたいところだったが、目が冴えてすぐには寝つけそうもない。

「……あれ？　大河？」

最後に風呂を済ませた秀《しゅう》が寒そうな寝間着姿で、洗面所の引き戸を開けた。

「なんだよ。仕事しろよ」

見せ原稿を恨んで大河が、コップを取りながら秀を振り返らず言い付ける。

「今なんか廊下に誰かが。気がつかなかった？　足音が大河とは違った気がしたんだけど」

「玄関鍵掛かってんだろ?」

「うん」

「なら大丈夫だろ」

いつもなら気にして戸締まりを見るところだがそんな気力はなく、歯ブラシを置いて大河は口を濯《すす》いだ。

「……そうだね。真弓《まゆみ》ちゃんが夜食でも取りに来たのかな」

いつもと違う忍び足のような物音を聞いた気がしている秀は、まだ少し気にして階段を振り返る。

「いつ作ったんだ、それ」

ちらと秀を見て大河は、今初めて秀の眼鏡に気づいて手を伸ばした。

「野球観に行ったあと、すぐに」

断わりも入れず大河は秀の眼鏡を取って、試しに掛けて見る。

「結構度がきついな」

勇太《ゆうた》と同じように顔を顰《しか》めて、大河は秀の耳に眼鏡を戻した。

「それに似合わねえぞ、おまえ眼鏡」

「酷《ひど》いよ……買ったばっかりなのに。もう、みんな取り敢《あ》えず一回掛けてみないと気が済まないんだね」

「みんな?」

「勇太も、真弓ちゃんも君とおんなじ顔してた」

顰めた顔が思いがけず似ていたことに気づいて、背を丸めて秀が笑う。

「この間、やっぱり大河兄が悲しいのはやだって。僕のこと説得しに来たんだよ」

教えたら怒られるかと思いながら小声で、そっと秀は真弓のことを大河に告げた。

「仕事やめてもいいって僕に言った後。勉強の邪魔しちゃって申し訳なかったけど、かわいかったな」

そんな話を聞かされた兄は照れて、電気シェーバーに手を伸ばす。

「夜剃《そ》るの?」

「朝になると忘れちまうんだよ、これ以上伸びたら床屋で剃刀《かみそり》当ててもらわなきゃなんなくなる。なんもかんも薄いおまえにはわかんねえだろうけど」

いい加減不精が過ぎた顎《あご》を摩《さす》って、大河は洗面所の湯を出した。

「……ふうん」

「なんだよ、珍しそうに見んなよ」

鬱陶《うっとう》しげに秀を押しやろうとして、ふと大河があることに気づいてシェーバーを当てながら吹き出す。

「何?」

「おまえ、その口調。移ってんぞ、真弓の」

「え？　そう？」

「口尖《とが》らせて、拗《す》ねたときに言うだろ。あいつ」

言われてその言い方が思い当たって、秀も思わず笑った。

「ホントだ。真弓ちゃんかわいいから許されるけど、大人なんだから僕は改めよ」

「あいつだっていつまでもガキみたいにしてていい訳ねえだろ」

顔を顰めながら大河が、シェーバーの音を立てる。

跡を流す大河にタオルを渡してやって、誰のかよくわからないローションを秀は取った。

「丈《じょう》のだぞこれ。……まいっか」

男兄弟ばかりなのでまだマシだがそれでも誰が買ったのかわからない髭剃《ひげそ》りの用具やムースが混在する棚を眺めて、大河がそれを掌《てのひら》に出す。

「この訳のわかんねえ洗顔フォームだのムースだのってのは誰が使ってんだ？」

「勇太と真弓ちゃんじゃない？　お年頃だから」

誰もはっきりと何が誰の持ち物なのかは把握しておらず、秀も時折その棚を整理しようとしては、捨てていいものとそうでないものの区別がわからなくて手を着けられずにいた。

歯ブラシだけはいつも六本ときっちり家族の数に合っていて、無理やり色を分けてあるそれに秀が笑う。

「ふうん」

不意に、秀はもう一度真弓に似ているということばを、口元に写した。

「なんだよ」

「似てるかなって、思って」

微笑《ほほえ》んで秀が、ふっと、長く息をつく。

「……この間、真弓ちゃんが進路のことですごく悩んでたときがあったじゃない？　あのとき少し二人で話して、真弓ちゃんには大河がいるからなんにも心配なことなんかないよって、言っててね」

指先で歯ブラシの一つを弾いて、秀は首を傾けた。

「言いながらちょっと、羨《うらや》ましくなった。僕があんまり羨ましそうで、真弓ちゃんもきっと少し困っただろうな」

明かりの暗い鏡に寝間着の秀と寒いのにまだ半袖《はんそで》を着ている大河の姿が映って、並んだ姿を秀が見ている。

「考えても詮無《せんな》いけどやっぱり時々考えちゃうんだ……僕も大河の弟に生まれてれば、とか。あ、また君の子どもになりたいとか言うんじゃないんだよ。これは僕のしょうがない独り遊び」

似ているところの一つもない大河の肩に、溜息《ためいき》をついて秀は頭を載せた。

「そしたら何もかもが違ったんだろうなって、ここに来てすぐのころはよく想像した。昔はもっとそういうこと、いっぱい考えたけど」

少年のころの幼すぎる望みを、いまさら秀が打ち明ける。

「でも、そしたらきっと勇太と出会えなかったし」

そろそろ替え時が来ている水色の歯ブラシを、秀は見つめた。

「……わからなかったことも沢山あって」

まとめて大河が適当な色を買って来たせいで色分けに散々揉《も》めたことを思い出して、くすりと秀が笑う。

「君が辛《つら》いときは誰が助けるんだろうとか、考えもしないで甘えてたかもしれないし。真弓ちゃんたちはすごく、そういうことも気にしてるみたいだよ」

続けられた想像の言葉に、秀が本気でそんな夢想をしたことがあるのだとわかって、それはどうしても大河には切なかった。

「知ってるか、そんなこと」

その目線を誤解して、秀が苦笑する。

鏡を覗《のぞ》いて、ふと秀は出会ったころの互いを、もっと子どものころの二人を探すような目をした。

何か全てが取り戻せると繰り返した夢が、かつてあったことを隠さずに。

「今が、いい」

ゆっくりと秀の眼差しが、言葉どおり目の前の自分たちに、収まった。

「今のままじゃないと、困る」

勇太のこと、大河との間のこと、今日のこと昨日のこと。

「失くして困るものなんか、ずっと何もなかった」

今はどれも失うことはできないと、秀は言った。

「転んでも痛くなかったし。どうやってでも、生きていけるはずだったのに……」

ほんの少しだけそんな自分を惜しまなくはなくて、秀の声が心細く揺らぐ。

「怖いことが、増えた」

頼りなさは、けれど互いだと秀はすぐに気づいたようだった。

「……大河はもっと怖いね」

寄りかかっていた肩を離れて、鏡越しにではなく秀が大河を見上げる。

「ああ」

堪えていた怖さが、大河の胸に上った。

「怖いよ」

足が萎《な》えて、背を壁に寄せる。疲れが喉《のど》を覆って、立っていられずに大河は床に座り込んだ。

「ホント、おまえには参る。俺の怖さなんか」

何処《どこ》か浮き立つような秀の怖さに、酷く憎らしい気持ちと、それでもどうしても愛しいと思う気持ちが大河にはあって、余計に背が撓《たわ》む。

「おまえになんかわかるもんか」

憎まれ口をきいて、立ち上がれない膝《ひざ》を大河は抱えた。

「気がつかなかった。大河、旋毛《つむじ》かわいいね」

「殺すぞおまえ」

「はは」

神経を逆なでされて歯を剝《む》いた大河に、笑って秀が隣の壁に背をつく。

「君に殺されるなら本望」

壁伝いにぺたんと腰を下ろして、秀は大河の顔を覗き込んだ。

「そういうこと今言うなよ。無神経なやつだな」

「君が先に言ったんじゃない」

「俺はいいんだ」

よくも昼間の流れでそんな戯《ざ》れ言《ごと》を聞かせられるものだと、憎々しげに大河が顔を顰める。

ふっと、笑うのをやめて秀は、膝に載っている大河の指先を見つめた。

「後悔、してる?」

何をと、皆までは秀は言わない。

してると、憎まれ口をきいてやろうかと大河は口を開いたけれど、性《しょう》が災いして大きな嘘《うそ》はつけなかった。

「……バカなこと聞いてくれるなよ」

瘦《や》せた秀の肩を、大河が抱き寄せる。

髪が寄ると同じ石鹸《せっけん》が匂って、その顳顬《こめかみ》に大河は唇をあてた。慣れない場所にある眼鏡の縁があたって、苦笑しながらそっとそれを外して床に置く。

求めるように不意に、秀の指が大河の肩にかかった。一瞬離れた肌を、引き留めるようにして。

閉じられた瞼《まぶた》に唇を寄せて、何故だか少年がするようなキスで、大河は秀の唇の端に触れた。

抱き合うごとに何かが変わるようで、それが大河を引き留める。

ふと待つのをやめて、秀は大河の頰《ほお》に頰を寄せて、背を抱いた。

「抱き合うことも」

鼓動が逸《はや》る拙さを恥じて、秀が溜息をつく。

「想像とは違った。本当はただ怖かったけど」

背を離して、秀は目を閉じて大河の瞼に口づけた。

「まるで違ったよ」

「……どんな風に？」

胸に呼び込まれて、夜に冷えた首筋に大河が鼻先を寄せる。

髪を抱いて小さく息を上げて、言えないとそんな風に、秀は首を振った。

「言えよ」

耳を食《は》んで、秀が言わない続きを大河が求める。

「今は……」

塞《ふさ》がるような喉から秀は、ようよう声を漏らした。

「一人で眠るのが、寂しい」

目を伏せて頬《ほお》を熱くして、精一杯の告白を秀が聞かせる。

言葉を受け取って、その唇に大河は深く、唇を合わせた。ひとりでに腕が腰を抱いて、秀の指が大河の背を肌に呼ぶ。

「……なら俺の部屋に、来いよ」

「やだ」

そのまま腕を引こうとした大河に、秀は即答で断わった。

「なんでだよ！」

「だってあの部屋散らかってるし煙草《たばこ》臭いし……ねえ、僕昼間勝手に片付けてもいい？」

「駄目だ。俺はあれで何が何処にあるか把握してんだよ」

「じゃあ……僕の部屋に来てよ」

「……いやだ」

不満げに言われて、大河もそれは聞けないと首を振る。

「どうして？」

「書きかけの原稿だのワープロだのが目について気が散るだろ。これでも今日は必死でその現実に目え瞑《つむ》ってんだぞこっちは」

「それは僕だって同じだよ。君の部屋にはこれ見よがしに会社の封筒がいっぱいいっぱい……」

「だいたいおまえの部屋は襖《ふすま》の向こうが居間なんだぞ？　誰か降りて来たらどうすんだよ」

それを言われれば秀もとても自分の部屋にと言う気にはなれず、その不自由さに二人して黙り込んだ。

「……どっか泊まってくれれば良かったね」

「悪いけどもうそんな気力は残ってない」

本当に脱力して、大河が秀の肩に寄りかかる。

「俺の部屋に連れてくのが精一杯だ」

息をついて弾みをつけて、大河は秀の腕を摑《つか》んで立たせた。

「……抱き上げてくれちゃったりするのかって一瞬思ったのに」

「そんなことされてえのかよ」

がっかりした顔をした秀に、大河が目を丸くする。

「されたらされたでやだと思うんだけど、ちょっとぐらいは」

「ったく」

溜息をついて大河は、秀の腹を肩に載せて担いだ。

「……こうじゃない気がする」

「これ以上なんかめんどくせえこと言うなよ」

「それにあんまり嬉《うれ》しくない、やっぱり」

肩の上で秀が、じたばたと足を動かす。

知ったことかと大河は、洗面所の明かりを消して足で戸を閉めた。


深い疲れに眠りは何処までも落ちたらしく、窓からの朝の光に大河《たいが》が顔を顰めると、腕の中で何か熱が身を捩《よじ》った。

「う……ん」

火照《ほて》るような温《ぬく》もりに微《かす》かに身を引くと、秀《しゅう》の額が胸に擦り寄ってくる。肌にかかっている指が、何か摑むものを捜すように蠢《うごめ》いた。

　ぼんやりと目の端にその手を眺めて、寝ぼけた頭で何かに似ていると大河は思った。すぐに子猫の爪《つめ》を立てる様だと気づいて、吹き出しながらその手をそっと握る。

　あまり見ない秀の乱れた髪をその手で抱いて、顳顬に大河は口づけた。もう少しこの熱に身を任せて眠ってしまおうかと息を抜いて、いつもとは違う違和感が指先にあることに気づく。

「ん……？」

　秀を抱えるように投げ出していた方の指に、何か振動があった。肩を浮かせて眺めると、目覚ましのベルに指を突っ込んでいる。

　慌てて引くと、途端にベルは堰《せき》を切ったように鳴り出した。跳び起きて闇雲に電池を抜いて、最初にベルが鳴ったのがもう十五分も前だと知る。

「やべ……っ」

「うわ……何時!?」

　そのベルの音にはよく眠っていた秀もさすがに跳ね起きた。

　寝間着を引き寄せて羽織りながら秀が、止まった時計を摑んで悲鳴を上げる。

「寝坊だよ！　みんな学校……ああなんかまだ居るみたいっ」

　居間の方にばたばたと騒ぐ気配がして、秀は青ざめた。

「……待て、もう今日は仕事してたことにして明信《あきのぶ》に任せろ」

大河もその音を聞いてシャツを取りながら、取り敢えず目を覚まそうと煙草を取った。

「ねえ」

不意に、その手を秀が上から押さえ込む。

「長生きしない？」

じっと目を見つめられそれを言われると吸えるはずもなく、歯噛《はが》みして大河は煙草から手を引いた。

満足そうに笑って一応身支度をした秀が、立ち上がりそっと襖に手をかける。

「おい、行くのかよ」

「大丈夫。自分の部屋に行って、出直すから」

明らかに混乱している居間を思って、そっと秀は大河の部屋を出た。

大河はまだ家を出るには余裕があったが、全員がまだ居ると思《おぼ》しき居間が気になって服を着込む。ついでにここで一本吸って行こうかと煙草をちらと見て、伸ばしかけた手を大河はすんでのところで止めた。

踏ん切るように部屋を出ると居間の襖の前で、もう寝間着を着替えた秀が硬直している。

「……どうした」

不審に思って早足で後ろから居間を覗いて、大河も息を飲んで絶句した。

明信がばたばたと朝餉《あさげ》の支度をしている飯台には、髪を眩《まぶ》しいばかりの金髪にした勇太《ゆうた》と丈《じょう》が、ふて腐れて煙草を食んでいる。おまけに勇太の頬には、誰かに殴られた跡がくっきりと浮いていた。

何故だか真弓《まゆみ》は、飯台に突っ伏して泣いている。

「丈、勇太……おまえら、どうしたんだそれ」

「どうしたの……？　まさかまたぐれちゃったの……!?」

立ち尽くしていた秀が大河の声で我に返って、畳に膝をついて勇太の足を揺する。

「そう思ってくれてもかまへん」

どう見ても真新しい頬の跡を摩《さす》って、勇太はふいと秀から目を逸らした。

「おまえ、そんな頭で学校どうすんだ！　仕事だって、親方だって黙ってねえだろがっ。丈もっ、いい年こいてんな頭でご近所歩くんじゃねえ!!」

今時そんな、という勢いで大河が、勇太と丈の金髪頭を叩《たた》く。

「……おまえにだけは言われたないわ」

「同じく」

だが勇太も丈も反省の色を見せず、頭を摩って大河を睨《にら》んだ。

「大河……ちょっと待って。勇太、それはどうしたの。頬、誰に殴られたの」

まずは話を聞いてからと大河を押さえて、それでも厳しい顔つきで秀が勇太の頬を指す。

「朝はように荷運びがあってな、俺行かんかったらどうもならんし。しゃあないからこのまんま行ったら親方に思いっきりどつかれた」

頬を指した秀に、ふて腐れて勇太は答えた。

「おまえはメリケンかー言うて。なんやねんメリケンて」

口の中に血が溜まって、肩にかけていたタオルに勇太がそれを吐き出す。

「俺が悪いんだよ」

しかし隣で泣いていた真弓が、がばりと顔を上げて勇太の金髪を見上げた。

「見慣れないからちょっとだけ髪の毛茶色にすればとか余計なこと言って……でもやっぱり金髪の方がちょおかっこいい」

反省しているのかうっとりしているのかよくわからない真弓も、まとめて叱《しか》ったものかと大河が歯を剝《む》く。

「オレも言った」

一応自分も責任の端を摑んでいると、丈は似合わない金髪頭を揺すりながら手を上げた。

「まあそれもそうやなって、なんやこの体裁が急に照れくさなって。ほんのちょっと色抜こうかて思うただけなんや」

「ちょっとだけってな……おまえ」

あまりに見事な二人の金髪に、何をどう間違えたらそうなるのかと訳がわからず怒鳴りたいのを堪えて大河も秀の隣に座る。

「もう、金髪にしちゃったものはしょうがないじゃない。髪なんかすぐに伸びるよ。それよりまゆたん勇太くん、急がないと遅刻するってば」

兄弟たちの数々の所業のせいで明信は、なってしまったものはもう仕方がないというあきらめの良さを身につけていて、一人金髪には目もくれずばたばたと立ち働いていた。

「それで夜、こっそり真弓がブリーチしてあげたの」

「でも一箱じゃ余るからよ、オレも久しぶりに軽くやっかなって半分に分けて。試合ちけえし」

眉《まゆ》まで消えた爬虫類《はちゅうるい》じみた姿で丈は確かに相手を威嚇《いかく》するだろうが、平和な住宅街では体裁が悪すぎる。

「早く落ちる液使ったんだけど、目に染みて真弓擦ってるうちに寝ちゃって」

「廊下まで匂ったよ。もう」

一応は止めた明信が、もはや他に文句はないのか溜息をついた。

「おまえが寝てもうたせいやないで、言うとくけど」

「だけど部屋に鏡ないから、俺が頃合い見るって約束したのに」

「俺やりなれとるし、適当な頃合いぐらい自分でわかるから」

ならばやはり好き好んで金髪にしたのかと、保護者二人が呆然《ほうぜん》と目を剥く。

「適当な色になったとこで落とそう思たんや。けど見つかったらおまえら怒るやろと思うて、こっそり風呂使ってさっさと流してまおて、丈と下に降りたら……洗面所にどなたか入って来おって。風呂場で息を潜める羽目になってな」

風呂と洗面所を隔てるものが磨りガラス一枚だということは、よく考えずともすぐに大河にも秀にも思い出せた。

「……続きは言いたないわ俺」

「オレ、絶対会長に殴られる。地肌いてえし、もう泣きてえよ畜生」

そして秀が物音を気にした主が誰だったのかも知れて、大河と秀は息も継げず目を瞠《みは》る。

「怪しいとは思っとったんや、角館《かくのだて》から帰って来よった辺りから」

不意に肩を落として、勇太は呟きながら飯台に突っ伏した。

「俺……結構ほんまにショックや。なんやこう」

青ざめている二人を責めて、勇太が首を振る。

「おまえなんかもう親でもない子でもないわ」

「オレだってショックだぞ兄貴」

言い捨てた勇太に丈が、要らぬ友情を深めて言い添えた。

察しのいい真弓は勇太の傷心の訳をぼんやりと悟って、恨みがましく大河と秀を見た。

昨日の会話の全《すべ》てを勇太と丈に聞かれたのかと思うと立ち直れない二人は、その上この金髪までもが自分たちの責任かと思うともう土下座するほかかない。

「ごめん！　丈くん、勇太っ」

「す……すまん、本当に悪かった。俺が払うから今すぐ床屋行ってなんとかしてもらえ！」

掌を返したように謝った大河と秀を尻目《しりめ》に、もうまともに二人を見られないとばかりに勇太と丈は立ち上がった。

「オレはこのまま試合に出る」

「これ以上頭の皮痛めつける気になれへんわ」

さっさと家を出ようと鞄《かばん》を担いで、戸口から丈と勇太が二人を振り返る。

「オレたちの金髪を見る度に思い出しやがれ」

「そうや。俺はほんまに悲しい」

ふいと出て行ってしまった二人の後に、慌てて真弓が続いた。

「真弓ちゃん……」

「知らないもん、もう」

じっと呼びかけた秀を振り返って、兄とは目を合わせずに真弓が行ってしまう。

「……あれ？　なんでごはん食べないの三人とも。急いで支度したのに」

やっと沸いた薬缶《やかん》を運んで来た明信が、手付かずの飯台を見て目を剝いた。

「俺たちが食う。責任とって、な。秀」

「僕はとても……」

飯台についた大河の横で、羞恥《しゅうち》で死にそうになって秀が項垂《うなだ》れる。

「じゃあ……みんながいなくなったところで、お二人にお話があるんですけど」

不意に明信は改まって、生真面目《きまじめ》に畳に正座した。

「なんだ」

「僕……昨日レポート書いてて、夜中に眠くなったから顔を、洗おうと思って」

丈や勇太の話を聞いていなかったのか明信は、声を潜めて切れ切れに言いながら顔を赤らめる。

すっと、明信は秀の眼鏡を飯台に置いた。

洗面所の床にそれを置き去りにしたことを、息を飲んで大河と秀が思い出す。

「家の中っていうか、せめて人目につくようなところではたとえ夜中でも、あ、ああいうことは控えて頂かないと！」

よほど意を決して言ったのか早口になって、弟たちのためにそれだけ言うのが精一杯と、明信はぱたぱたと居間を出て行った。

摑んでいた箸《はし》を、二人仲良く飯台に落とす。

「……死にたい」

「僕も」

一緒に暮らして二年と少し、家の中であんな真似をしたことは今までただの一度もなかったのにと間の悪さを呪《のろ》っても、そんなことは恥ずかしくて誰にも言えはしない。
縁側ではバースさえもが気まずげに目を逸らして、小さく寂しい声で鳴いた。

ザ・ブラコン・ブラザーズ

根元黒、毛先金髪のライオンのような頭、眉毛《まゆげ》金髪の大男が、全身黒のサウナ・スーツに身を包んでシャドウ・ボクシングをしながらよく晴れた秋空の下を走っている。

　夜中なら有無を言わせず通報されるところである。

　だがそんな迷惑なものが走り抜ける東京下町竜頭《りゅうず》町三丁目の住民は、その大男、帯刀《おびなた》丈《じょう》が町が輩出したプロ・ボクサーであることを知っているので笑顔で「頑張れよ」と手を振ったりする。彼の学生時代を知っている者たちにしてみればヤクザものにならなかったというだけでも町の誇りであり、今丈がロードワークのコースに選んでいる竜頭町商店街の店主たちは皆後援会の会員だ。

「……なんとかなんねえのかよ、あれ」

　しかし後楽園近くのジムに所属している丈は、通常ならそんな格好で毎日地元商店街を駆け抜けたりしない。

　店のウインドウ越しに本格的なシャドウ・ボクシングを始めた丈に、花屋の店主、龍《りゅう》は銜《くわ》え煙草《たばこ》のままレジ台に肘《ひじ》をついて深々と溜息《ためいき》をついた。

「ごめん……龍ちゃん」

　そのボクサーのすぐ上の兄明信《あきのぶ》は、最近すっかり趣味となってしまった仏壇用の花を括《くく》る作業をしながらただ謝ることしかできない。

「一日一回ここ通ると闘志が湧《わ》くんだってさー。イメトレなんだって、アレ」

受験勉強中の末弟真弓《まゆみ》は、仕事場に通っている勇太《ゆうた》と学校帰りが別々になるのが寂しいのか、兄明信を見かけると花屋に寄って茶菓子を貰《もら》うのが習慣になっていた。

「俺を敵に……違うか、敵を俺に見立てようって訳かよ。つうかおまえもなあ、真弓。とっと帰ってお勉強しろよ。お勉強を」

さりげなく明信と自分の間に座ってささやかな邪魔をして行く真弓を、ちらと龍が見る。

「息抜きだよー」

「まあおまえはどうでもいいけど……」

煙を吐きながら龍は、目にも留まらぬ速さでまだ鉄拳を打っている丈を眺めてさらに溜息を深めた。

真っすぐ龍を睨《にら》んでいる目付きは、眉毛が半分金髪なことも手伝ってまるで地獄の使者だ。

「試合近いんだし大目に見てあげれば？　龍兄後援会副会長でしょ？」

「そ、そうなの龍ちゃん!?」

伊勢《いせ》屋の大福を頬張《ほおば》りながら真弓が言ったことに驚いて、目を背けていた明信が振り返る。

「ああ……志麻《しま》に無理やり押し付けられてな。別に俺も好きだからよ、ボクシング。実際あいつは三丁目の星なんだぞ？」

村生花店

「会長は達《たつ》ちゃんのお父さんだよ。絶対世界ちゃんぴょんになるっていつもすごいよ、応援」

「へえ……」

それも知らなかった明信は、驚いて目を丸くした。

「おまえノータッチだからな。目え背けてんだろ、いっつも」

短くなった煙草を揉《も》み消しながら、明信の痛いところを龍がつく。

「……また試合なんだ」

溜息をついて、明信は素早い丈の拳を眺めた。長くは見ていられず、龍の言うとおり目を背けてしまう。

「言ったじゃんこないだ。丈兄調子いいみたいだから今度の試合は観に行かない？　って」

少し咎《とが》めるように、真弓が片眉を上げた。

「今日はまたなげえなあ、しかし」

まだまだ打ち続けている丈に、後援会副会長としていっそ闘志を燃やさせてやるべきかと龍が明信の腰に手を伸ばす。

「イテッ」

二つ目の大福に手を出しながら、真弓が龍の手を叩《たた》き落とした。

「そんなことしたらガラスぶちやぶられても文句言えないってば」

「だってよ……いくらなんでもあいつもブラコンにもほどねーか」

「しょうがないよ、丈兄初恋は明ちゃんだもん」

ペロッと大福を食べながらけろっと真弓が吐いた言葉に、龍は二本目の煙草に噎《む》せ明信は菊の花を取り落とす。

「な……何言い出すのまゆたん！」

「き、近親……っ」

なんたらかと言おうとした龍の後ろ頭を、歯を剥《む》いて明信が思いきりはたいた。

その滅多にない明信の行為を見たら溜飲《りゅういん》が下がったのか、きょとんとしながらもようやく丈が去って行く。

人をはたいた手の慣れない痛みに戸惑いながらも、明信は丈を見送った。

龍はさすがに口が過ぎたのを反省したが、納得いかずはたかれた頭を摩《さす》っている。

「こないださあ、またっ、明ちゃんが龍兄のとこに泊まったときにさあ、秀《しゅう》がチキンオムレツ作ったの。すっごいおいしかったんだけどね、それが」

「なんでいきなりチキンオムレツの話なんだよ……」

「つながるんだってば、黙って聞いててよ。そしたら丈兄、食べながら号泣しちゃってさ。なんか減量で情緒不安定になってたみたいなんだけどね、珍しく。そんでそんときに泣きながら言ってたの。オレ明ちゃんにプロポーズしたことあるんだって、なのにあんなヤローに奪われてって」

「ケホッ、ゲホ……ッ」

チキンオムレツから続けられた話に、龍はいよいよ体を丸めて咳《せ》き込んだ。

「違うって！　それはだからっ、丈の初恋はチキンオムレツだって話なんだよ!!」

らしくなく声を荒らげて、明信が龍の背を摩りながら真弓を叱《しか》る。

「だって丈兄が」

「だから……それ僕が小六で丈が小四ぐらいのときの話なんだけど、あのころ志麻姉の作ったものはああだったし。大河《たいが》兄は食べられるものは作ってくれたけど子どもの口に合うものって感じじゃなくて。……聞いてる!?　龍ちゃん！」

早口に聞かせた言い訳を咳き込み続ける龍が聞いている様子はなくて、耳元で明信は声を張った。

「……ああ、聞いてる聞いてる」

喉《のど》を摩りながら龍が、非常識な話の続きを聞くために背を正す。

「それで、僕家庭科の先生に色々作り方教わって。最初にチキンオムレツ作ったの、すごく時間かかったんだけどね」

「あー、真弓もそれ覚えてるー。おいしかったー、泣くほどおいしかったよー」

思い出すと本当に泣くほどの幸いだったのか、言いながら真弓が鼻を啜《すす》った。

「それで丈が……それは覚えてないの？　まゆたん。一生毎日これ作ってって、大騒ぎして。

そのためにはどうしたらいいんだろ、そうだオレ明ちゃんと結婚するって
「……つまり丈の初恋はチキンオムレツだって話なんだな？」

物分かりよく納得して、龍がやっと一息つく。

「だから最初にそう言ったじゃない」

「でもさー、そんな話にしちゃうのも丈兄もかわいそうかも」

「なにが!!」

まだ問題を引きずろうとする真弓に、今日はとことん慣れないテンションで明信は声を上げた。

「だってさ、そんときもうべそべそ泣いちゃって。少年野球のユニフォームも雑巾《ぞうきん》もみんな明ちゃんが手ぇ傷だらけにして縫ってくれた。思えばまだ明ちゃんだってちっちゃかったのに、ずっとオレだけゼッケン付いてないのすごい気にして最初にゼッケン付けてくれたのも明ちゃんだって。そんな明ちゃんをオレは守り切れずにあんなケダモノに……あ、これ丈兄が言ったんだからね。龍兄」

つい最近までケダモノと呼ばれても仕方のないタラシだった龍に特に悪びれず、真弓が龍奢《おご》りの大福をペロリとたいらげる。

「……あの野郎」

そんな言われ様をしても文句を言えるような身の上でもなく、また丈の健気な思いなども聞

くとあまり強くも言えず、それだけ言って龍は肩を竦《すく》めた。

「……あれ？」

龍に済まなく思いながら、ふと、釈然としないことに一つ明信が気づく。

「だからさー、試合前の丈兄にもっと広い心で……」

「最初のゼッケン、付けてあげたの僕じゃないよ」

とてつもなく大きなことに気づいてしまったかのように、明信は真弓の言葉を遮《さえぎ》って目を見開いた。

「え？」

「龍ちゃんじゃない、付けてくれたの」

「ああ……あれ、丈のだったっけか。そう言えば」

二人にとっても大事な思い出であるそれを、目を合わせて明信と龍が確認し合う。

「え!?」

大仰過ぎるほど、真弓はそれに驚いて見せた。

「だけど丈兄、家庭科で習ったからもう付けられるよって。差し出してくれた明ちゃんの指に
バンソコがいっぱい貼ってあってって涙ぐんで」

「……なんか記憶が混ざってんだろうな」

「すごい大事な思い出っぽかったよ」

「そんな……本当のこと、言わないと」

何故そのとき自分は龍が付けてくれたことを言わなかったのだろうとまるで酷《ひど》い嘘《うそ》をついてしまったような気持ちになって、明信が声を細らせる。

「ウソ、そんなの絶対駄目だよ！」

突然、大きな声をたてて真弓が明信に反対した。

「どうして……？」

「そうだな、俺もそう思うぞ」

目を瞠《みは》った明信に、龍までもが真弓に同意して深々と頷《うなず》く。

「考えて見てよ。丈兄が明ちゃんに付けてもらったと思い込んでる大事なゼッケン、本当に付けたのは今現在明ちゃんを奪い去ったケダモノだなんてわかったら」

「丈の自我が崩壊するぞ。やめとけやめとけ、たいした話じゃねえよ。実際おまえが丈に繕いもん山ほどやってやったのは事実なんだから、最初の一つがどうなんて問題じゃねえだろ」

「龍兄の言う通りだよ。丈兄崩壊が起こるよ、きっと」

「だけど」

二人の言い分も聞けばよくわかったけれど、丈がそのことをとても大切にしていると知った分だけ嘘は重くて、明信の顔が曇った。

「……やっぱりそんなの、余計に丈に悪いよ。丈は純粋だから嘘なんて」

「そうそう。丈兄は単純だから、もう無理。明ちゃん。思い込むこと十年以上だよ？　期限切れてるって」

「期限？」

「打ち明けてめでたしになれる有効期限だよ。言わない方が丈兄のため！　これ絶対本当だから、たまには真弓の言うこと信用してよ」

「たまにはなんて……真弓」

「今朝も明ちゃんバースのことまゆたんって呼んだよね。ふつーに。覚えてないだろうけど」

ちゃんと信用しているとおためごかしを言おうとした明信を、普段は言わない恨み言を盾に真弓がじとっと見上げる。

「そ、そう……っ!?　で、でもそれはね、真弓がバースぐらいかわいいっていう僕の心の」

「許してあげるから、もうゼッケンのことは忘れてね。んじゃ俺帰ってお勉強に励むから。お邪魔しましたーごちそうさまー」

お行儀だけよく真弓は、伸びた背丈に鞄《かばん》を持って店を出て行った。

「おう」

ただの受験の憂さ晴らしに毎日付き合わされている花屋店主は、挨拶《あいさつ》もいい加減お座なりになる。

それよりぼんやりと手元を見ている明信が気がかりで、龍は軽くその肩を抱いた。

「……もしかしておまえよりあいつの方が大人なんじゃねえの？」

明らかに鬱々《うつうつ》とゼッケンのことを考え込んでいる明信に、龍の口がつい滑る。

「え……？　まっ、まゆたんの方が僕より大人⁉」

いつまでも真弓を小さな一番下のかわいい弟と思うのをやめなくてはやめなくてはと思いながら結局できていない兄は、衝撃に顔色が変わった。

「おまえちょっと融通きかねえとこあっからな。そういうの大河譲りなんだろうけど」

「たっ、大河兄に……融通のきかないとこが似てる？　僕あきらめ早いよ言っとくけど」

次から次へと衝撃的なことを言われて、明信が椅子の背にへたり込む。

「おまえ自分がどんだけ強情か全然わかってねえのかよ……」

己が臨機応変さに富んでいるとどうやら恋人が思い込んでいるらしきことを知って、龍は呆《あき》れて独りごちた。しかしこれ以上言うと明信の自我も崩壊しかねないと、口を噤《つぐ》む。

「おっと、山中《やまなか》ビルの玄関の花支度しねえと」

副業としてやっている企業ビルやウインドウのフラワーアレンジメントの準備をしなければと、仏壇花とは別に仕入れた花の段ボールを龍は確認にかかった。

呆然《ぼうぜん》としている明信のことはしばらく放っておいてやろうと声もかけずにいると、突然大きく電話が鳴る。

「はい、木村《きむら》生花店です」

龍が取ろうとしたが、反射的に明信がその電話に出てしまった。

「あ、生け花教室の……いつもお世話になっております。ええ、ええ。あ……はい、あります。龍ちゃんあの南天と菊、菊地《きくち》さんに配達していいよね」

電話口を塞《ふさ》いで確認した明信に、龍が花の様子を見て頷く。

「小石川《こいしかわ》ですか。後楽園の裏ですよね、わかります。はい、今から伺いますのでよろしくお願いします」

「配達か?」

丁寧に頭を下げて電話を切った明信に、言われた花を龍はもう纏《まと》め始めた。生け花教室の老婆にはいつも世話になっていて、どんな小さな注文でも龍が手間を惜しまず配達することにしているのと明信もわかっている。

「お茶室でお花飾ってたら足りなくなっちゃったんだって。僕電車で行ってくるよ、龍ちゃん夜の準備もあるし」

「そりゃ頼みてえけど」

流れるように言った明信の不自然さを、龍も汲《く》めないほど鈍くはなかった。

「……寄るなよ」

「何が」

「ちけえだろ、丈のジム」

しらを切ろうとした明信に遠回しに釘《くぎ》を刺すような真似はせず、龍が溜息をつく。

「行ったこと一度もないよ……場所は、知ってるけど」

言いながら気持ちがそっちを向いていたことは己でも明白で、明信は俯《うつむ》いた。

「言わない。ゼッケンのことは」

南天を纏めながら、けれどはっきりと明信が呟《つぶや》く。

「自分の満足のための告白だよね、そんなの。僕が嘘ついてるみたいで気が重いからって」

「……わかってんならいい」

噛《か》み締めるように言った明信に強く言い重ねはせず、龍は花を渡して明信の髪をくしゃくしゃにした。

「いってきます」

エプロンをしたままヤッケを羽織って、龍に笑って明信が店を出る。

しかし明信の融通のきかないある一面は、実のところ龍の想像を絶していた。

電車に乗り浅草《あさくさ》に出て、大きな花の包みを抱えながら地下鉄に乗り換える。学校に通うための定期で水道橋《すいどうばし》から降りて、大河の会社の前をぼんやり通りながら気がつくと明信は無意識に後楽園の前を歩いていた。

「は……何してんだろ僕、小石川反対なのに」

はたと気づくと明信は、もう丈のジムの一歩手前まで来ている。

大学から近いので場所は知っていたが一度しか来たことのないジムの看板を、恐る恐る明信は見上げた。一度も行ったことがないと龍に行ったが、本当は一度だけ、丈がこのジムに入る前に明信は一人でここに来たことがあった。丈がどうしてもやりたいというボクシングがどういうものなのか見ようと思ったのだが見ているうちに具合が悪くなってしまい、介抱してくれたジムの会長に泣きながら丈のことはあきらめて欲しいと懇願するという醜態を晒《さら》したのだ。

「ここにはホント、来たくなかったのに」

ほとんど半狂乱という勢いで、明信は丈のジム入りに反対した。姉も兄も一応反対していたようだがそれも目に入らず毎日丈と言い合って、見慣れぬ明信の激高にそれだけで真弓が泣いてしまったほどだ。志麻も大河もこんなことを許すなんて丈がかわいくないのかと明信は二人のことさえ詰《なじ》ったが、自分たちも反対したのだと彼らは困惑していた。

弟を二人持ったけれど、年長者としてなるべく理不尽なことを言わぬように明信は二人に接して来たつもりだった。けれどそのときは理屈も何もなく反対して、数日口もきかなかった。

——明ちゃんにそんな風にされたら、オレマジで参るよう……。

最後には後ろで丈が半泣きになっていたのに、それでも振り返らなかった。

結局、許すとは明信は言わなかった。血まみれになって丈が顔を腫《は》らし倒れる夢に、今でも時折明信は魘《うな》される。

「最近は、勝ったときに良かったねぐらいは言えるようになったけど……」

それでも丈がどれだけ懸命にボクシングに懸けているかは見ていればわかることで、弟が真面目《まじめ》に取り組んでいることをいつまでも否定していたくはない。

「真弓の言うとおり、一回ぐらいちゃんと試合、見なきゃ」

それは明信には酷く勇気のいることだったけれどいい加減応援してやらなくてはと、明信は溜息をついた。

せめてそう告げたら丈は少しは喜んでくれるだろうかと、嘘の罪滅ぼしの気持ちもあってふらふらと明信がジムに近づく。

通りに面したジムは、全面ガラス張りになって中がよく見えた。日が落ちて来たので明かりがついていて、中からは外が見えない。

「丈……」

丁度リングの下にいる弟を見つけて、明信は思わず呼びかけて手を振った。

けれど丈は明信に気づかず、軽くロープを飛び越してリングに上がる。よく見ると丈の両手には、見慣れた、丈がいつも丁寧に磨いているグローブが嵌《は》められていた。

「……?」

テレビでもボクシングの試合は頑《かたく》なに見ていない明信がぼんやりと成り行きを見ていると、丈は浅黒い肌のどうやら日本人ではない青年と拳を合わせた。

丈の横顔は、まるで知らない男のように精悍《せいかん》だった。いつも明信には笑っているように見える目が、獣のように鋭い。

「丈……？」

間が悪く、試合前の最後の調整の本格的なスパーリングの場に居合わせてしまったことなど、明信にはわかろうはずもない。

いきなり始まった激しい打ち合いに明信はただ呆然と立ち尽くして、手にしていた南天をアスファルトに取り落とした。

「明《あき》ちゃんごはん食べないって」

洗面所でずっと蹲《うずくま》っている明信《あきのぶ》を気にしながら、真弓《まゆみ》が居間に入って夕飯の支度中の秀《しゅう》に告げる。

「どうしたの？　具合でも悪いの？」

人数分ご飯もみそ汁も分け終えてしまった秀は、洗面所の明信の様子を見た。

新聞を読んでいた大河《たいが》も、テレビの前に寝転がっていた勇太《ゆうた》も少し戸口を気にする。

秀に背を摩られて、明信は青い顔をしながら一応居間に戻った。

「……ちょっと、食べられそうもなくて」

あたたかそうな食卓の湯気に上げそうになって、口元を押さえて明信がすぐに洗面所に駆け込む。

「胃に来る風邪でもひいたのかな」

「龍《りゅう》の子なんちゃうん」

心配して呟いた秀の言葉に重なって勇太が軽口をきくのに、真弓と大河の両方から平手が頭に飛んだ。

「あいたっ、冗談やがな冗談」

「ただいまー」

そこにがらりと玄関の戸が開いて、丈《じょう》の能天気な声が届く。

「どうしたのその顔」

鴨居《かもい》を潜るように居間に入って来た丈の腫れた左目に、真弓が目を丸くした。

「いやー参った今日は。スパーリングなのに白熱しちまってよう、ムエタイの選手借りてやったんだけどお互いムキになっちまって。流してやんなきゃなんねえもんなのにさ」

「試合前なんやろ？　目の上切るとくせになるで」

「どうせすぐ切れちまうんだここ。そのうち取れちまうんじゃねえの？」

テープで留めてある左目を指して、丈が笑う。

「そりゃかまわねえけど、それ以上バカになんねえように気ぃつけろよ」

「……そんな言い方ってないよ、大河兄」

いつもの言葉で肩を竦めた大河を、ますます青い顔でいつの間にか戸口にいた明信が睨んだ。

「おまえ具合」

「かまわないって何？　大河兄は丈の瞼《まぶた》が取れてもいいって言うの!?　僕はやだよ！」

「どしたんだおまえ……」

いきなり膝《ひざ》を詰めて声を荒らげた明信に、大河ばかりでなく皆が呆然とする。

「どうしてもっと丈がボクサーになるって言ったときちゃんと反対してくれなかったの？　大河兄は丈がかわいくないの!?」

「だから、これ以上バカになったらどうすんだって死ぬほど反対したって……俺は」

新聞を持ったまま大河は、滅多にない弟の勢いに気圧《けお》されて背を反らした。

「どうしたんだよ明ちゃん、いきなりそんな。いまさら」

「いまさらじゃないよ！」

困惑して聞いた丈に、不意に、初めて明信は摑みかかった。

「僕は一回もおまえがボクシングやるの認めてないよ丈！」

驚いて襖《ふすま》に背を当てた丈を、明信が服を強く引いて見上げる。

「やめなさい、ボクシング」

「明ちゃん……」

「やめなさい。今すぐやめなさい」

「ちょっと待ってくれよ、そんな……」

理不尽なまでの明信の言いように、丈は怒るより困惑して助けを求めるように居間を見回した。

「明ちゃん、なんかあったの？」

そっと明信の肩に触れて、ほとんど見たことのない明信の様子に固まっている兄弟たちの代わりに秀が尋ねる。

「……見たんだ。僕、今日丈のジムに行って。その、スパーリングっていうの」

言いながら思い出すまいと首を振って、明信の唇が戦慄《わなな》いた。

「毎日あんなことしてるの？　試合の度にすごい顔して帰ってくるよね。なんのためにあんな……そのうち死んじゃうよ！　お願いだからもうやめてよボクシング!!」

闇雲に喚《わめ》いた明信の目に涙が滲《にじ》む。

「明ちゃん……ちょっと落ち着いて」

その涙に丈が酷く追い詰められているのがわかって、秀が明信の背を摩った。

「……上で二人で話してきたらどないや。俺らどっちの味方もできへんし」

頭を掻《か》いて勇太が、成り行きを見ていることしかできない大河と真弓をちらと見る。

「なあ」

問われて、二人はようよう小さく頷いた。

「丈、おいで」

腕を取って明信が、丈を二階に連れて行こうとする。

「で、でもオレ」

嵩《かさ》は自分の方が大きいのに兄に抗《あらが》えず、まだ居間に助けを求めて何度も振り返りながら結局丈は二階に引きずられて行った。

二階の左手の二人の部屋の襖が閉まる音を聞いて、ようやく居間が一息つく。緊迫していた縁側のバースも、「くうん」と溜息のような声を漏らした。

「……えらい驚いたな。明信のあないな勢い」

最初の一声を出すにも躊躇《ためら》うような空気の中、勇太が誰にともなく呟く。

「何年も目、逸らしてたのにいきなり見ちゃって、混乱しちゃったんだろうね」

結局自分の言うことはきかずにジムに行ったのかと、真弓は大きく溜息をついた。

「大河と真弓ちゃんはどうなの？　実際。丈くんのボクシングのこと」

膳を始めたものかどうかと食卓を見ながら、秀が二人に問う。

「そりゃあなあ……堅気のやることじゃねえし、心配は心配だ。俺だって。よくねえ話も聞くしな」

「減量とかも本当に体に良くない感じするもんね。真弓だって大賛成じゃないよ。でも」

顔を見合わせて長男と末弟が、語尾をはっきりさせず曖昧《あいまい》に言葉を閉じた。

「結局は丈自身の問題やろ？　あいつがやりたい言うてやっとるんやから」

二人が最後まで言いはしなかったことを、代わりに勇太が口にする。

「明ちゃんらしくないね、あんな言い方。よっぽど心配なんだね……今まで一度も試合観に行ってないんでしょ？」

らしくないと言いながら気持ちはわからないでもないと、明信の不安を痛ましく思って秀は溜息をついた。

「あー……でも丈兄にだけそういえば明ちゃん、時々ああいう言い方するなあ」

飯台に頰杖《ほおづえ》をついて真弓は、今はまだ静かな天井の先を眺める。

「お兄ちゃんなんだね。明ちゃんは丈兄の」

少しの疎外感を感じて、真弓は苦笑した。

「兄貴っちゅうのは理不尽なんが普通なんかもな」

後は二人の問題だろうと、勇太が飯台の前につく。

「……俺、物分かり良すぎたかな」

天井を見上げながら大河が不安げに言うのに、全員が間髪入れずに大きく首を横に振ってやった。

その天井の向こうにはもう、兄弟の上に冬が来ようとしていた。

「……どうしたらやめてくれる？　丈《じょう》」

部屋の中に丈を押し込み後ろ手に襖をきっちり閉めて、真っすぐ静かに明信《あきのぶ》は丈を見た。

「前に、一回話したじゃん。そのことは。納得してくれたんじゃなかったのかよ」

本当は兄がただずっと理不尽をするまいと目を逸らしていてくれただけなのは丈もわかっていて、言いながら目を見られずに俯く。

「そのうち瞼取れちゃうんじゃないかなんて笑って」

「そんなの軽い冗談だよ。真に受けんなって」

「どういうリスクがあるのか、ちゃんとわかってる!?　丈」

「わかっててやってるよ！　オレそこまでバカじゃねえってっ」

何処《どこ》までも軽口に流されない明信に、丈もついむきになった。

「そんなつもりじゃないよ……丈」

「……わかってるけど」

言い合ってお互いに顔を背け合い、長い沈黙が流れる。

そんな空気にはとても耐えられない丈は、明信から背を向けてどかっと胡座《あぐら》をかいた。

「だけどどんなに危ないかわかってて……ならなんで」

背を向けられても明信の気持ちは少しも済まず、横に膝を詰めて座り込む。

「何か、他にもあるじゃない。スポーツなら。丈は体格だっていいし運動神経だっていいんだからなんだって」

「なんにもできねえよ！」

縋《すが》るようにして言った明信に、堪えていた声を丈は荒らげてしまった。

すぐ上の兄を半ば姉のように慕っていた丈は、大河《たいが》にはすぐ激高しても明信には努めて怒鳴ったりしないようにして来た。そうは言っても性格上逆上することは少なくないが、それでもこんな風に暴力に近い声を上げることは滅多にない。

「オレバカだし」

気まずさは増すばかりで、引っ込みがつかずに丈は横を向いた。

「そんなこと」

「バカだよ。小学校でも中学校でも、お兄さんは二人とも優秀だったのにどうしてってって言われたしさ」

「丈……」

「まあ、姉貴はああだし。気にしてねえけど」

半分は本当、半分は嘘だと自覚しながら、そんなことを教えたのを丈は悔いた。

「そんでもやっぱ中学でグレたのは、そういうの。あったのかもしんね」

成績のことをあれこれ言われたのは事実だが丈は能天気にやってきて、言葉ほどは気にしていないのに、明信を引かせるためだけにこんなことを言っている気がして来る。だが言葉にするうちに丈は、あまり考えたこともなかったがそんなコンプレックスも多少はあったのかもしれないと、ぼんやりと思った。

「……ごめん」

「なんで明ちゃんが謝んの！　そうじゃなくてさっ、だからオレ、なんか勉強以外のことできねーとやベーってぐらいは多分思ってて。ほっとんど能天気だったけどちょっとぐらいはさ！」

そんな風に考えると、今自分にボクシングがなかったら本当にどんなことになっていたかと初めて丈の背が寒くなる。

「そんで、今のジムの会長がスカウトに来てくれたときはさ……すげえ、嬉《うれ》しかったんだよ。やっぱ」

互いにそのことから目を逸らし合うようにしてきたけれど、いつまでもそうしてはいられないと不意に、丈の方が思った。

「明ちゃん……オレこればっかりは」

顔を上げて膝を正して、丈が明信と向き合う。

「つうか、これしかねえような人間だし」

真っすぐに見られて今度は明信の方が、丈を見ていられなくなった。

けれど目を逸らそうとした明信の手首を取って、丈が息を飲む。

「本当言うと」

今までは言えずにいた本音を、声にしようと丈が口を開いた。

「明ちゃんが応援してくれたら、すげえ、嬉しい」

けれどその願いの所在は聞かずとも明信も本当は知っていて、知らぬ振りをしていたのだから聞かされればただ辛《つら》い。

「……無茶、言ってんのかもしんねえけど。明ちゃんホント、こういうの駄目なのオレもよくわかってるし」

じっと、明信は丈の顔を見た。

左目の上が切れて酷く腫れているけれど、そのせいだけではなくボクシングを始める前と今とではもう丈の顔は違う。眼鏡越しに目を凝らすと、気づかぬようにして来た縫い傷の跡がいくつも目についた。

そして今日目にしてしまった顔というより頭を乱打される丈の姿が、はっきりと思い出される。

「……っ……」

何か言わなくてはと思ったけれど、明信の目からはただ涙が零《こぼ》れ落ちただけだった。

「明ちゃん……」

呆然とそれを見送る丈から目を逸らして、はたはたと涙を落としたまま当てもなく明信が立ち上がる。

「わかってよ明ちゃん。明ちゃんに今やってる……オレにはなんだかわかんねえけど、その研究とかやめてってオレが言ったらどうする!?」

そんな風に泣かれては丈も堪らず、追い縋《すが》るように言葉を投げた。

「丈がボクシングやめてくれるならやめる」

考えもなしに、襖に手をかけたまま明信が答えてしまう。

「そんな……」

そもそも全く意味なく違うものを互いに天秤《てんびん》に掛けていることにも気づかずに、丈は髪を掻き毟《むし》った。

「あのさ明ちゃん、どんぐれえできねえ相談かっていうと」

言葉の足りない丈は、どうしたら明信に自分の気持ちをわかってもらえるのか思いもつかない。

「龍《りゅう》兄と別れろとか、そんくらいなんだよ」

これ以上丈の前でこんな醜態は見せられないと、ただ離れて行こうとしていた明信は、息を飲んで丈を振り返った。

気まずそうにしている丈と、覚えず目が合う。

今は何も言えずただ唇を噛んで、明信は部屋を駆け出した。

「あらあ、随分遅くまでやってんのね。店」

シャッターを閉めようとしていたところで裏通りのスナックのママに呼び止められ、龍《りゅう》は手を止めた。

「小商いしてきたとこ。ママこそ、こんな時間に何やってんの」

「お得意さん送って来たのよう。丁度いいわ、お店の花萎《しお》れかけちゃって。なんか適当に纏めてくれない？」

「ああ、いいよ。駄目だろ客商売が花枯らしてちゃ」

折よく小商いの普段扱わない花が残っていたと、手早く龍がそれを纏める。

「こんな感じでど？」

「いいいい。ありがと。……たまには龍も来てよ、店。いい男の顔見ないと老け込んじゃうわよこっちも」

酔っているのかふざけた口調で言いながら、花を受け取って女の手が帯から万札を出した。

「店の花うちに任せてくれたら毎日配達に伺いますよ。おっと、釣り出ねえよ今」

「いいの。不景気だからね」

「言ってることめちゃくちゃよ、ママ」

「色男に小遣いの一つもやらなきゃやってらんないってことよ、じゃあねえ」

ぎゅ、と腕に絡んで花を振りながらママが去って行く。

「明日は覚えてねえな……こりゃ」

万札をひらひらと振って見送って、不当に一万円せしめたことを多少は後ろめたく思いながらもさあシャッターを閉めようと振り返って、龍は息を飲んだ。

「あ……明《あき》っ」

非常に後ろ暗いところを見られた気持ちになってあたふたとポケットに万札を突っ込むと、強く香水が香る。

「な、なんもねえぞなんも」

慌てるから余計に怪しく見えるのだと真弓《まゆみ》に言われてわかってはいたが、元々の素行が素行なので龍はこういうとき必要以上に犯人よろしく振る舞ってしまっていた。

「……龍ちゃん……っ」

寒空に薄着でサンダルを突っかけている明信《あきのぶ》は、近づくと泣いている。

「わ……わかれて……っ」

いきなり往来に蹲って、身も世もなく明信は号泣しだした。

「だっ、だから俺はなんもしてねえって！　俺浮気はしてねえぞ!!」

目の前に膝をついて、ますます自分を追い込むようなことを言いながら龍が頭を抱える。

「おう、なんだ龍まーた女泣かしてんのか」

折あしく酔っ払った元同級生が千鳥足で目の前を通り、蹲っている明信が志麻《しま》の弟だとわからないのか揶揄《からか》った。

「るせえっ、ぶっ殺すぞこの！」

腹いせに同級生を蹴《け》り飛ばして龍が、取り敢《あ》えず明信を抱え込むようにして店に入り後ろ手に無理やりシャッターを閉める。

「香水くせ……ちくしょっ」

エプロンを取って寒さも構わずシャツを脱ぎ捨て、龍は明信の手を引いて二階に上がった。

「……香水？　浮気って、なんのこと？」

ようやくその匂いが明信にも伝わって、慣れた畳に座らされたら不穏な言葉の羅列も気になり涙を拭《ぬぐ》う。

「だから、あの後家のママさんは花買ってただけで」

「いつの話?」

「え?」

近眼で夜目も利かずその上泣きながらここまで来た明信には、数メートル先の出来事も目には入っていなかった。

「……んじゃなんで泣いてんだおまえ。つうか、別れるって言ったよな……おまえ今」

ならば余計なことを言い過ぎたと話を変えようとして煙草を取りながら、そうなると不審なのは明信だと気づかされて龍が息を飲む。

「……言った」

「どうしたんだよ、いきなり」

改めて問うと、また明信の目に涙が浮かんだ。

「おい……俺なんかしたか? なあ」

ほとんど子どものように明信がしゃくり上げるのが龍には衝撃で、煙草を嚙んだまままただおろおろとその涙を拭う。

「龍ちゃんじゃ……ない」

泣きながら明信がようやくそう呟くのに、ピンと来ることが一つあって龍は取り敢えず煙草を置いた。

「おまえ、今日結局丈《じょう》んとこ行ったんだろ」

「なんで……」

「菊地《きくち》さんから電話があったんだよ。おまえが真っ青な顔してぼうっと現れてぼうっと去ってったけど大丈夫なのかって。丈となんかあったんだな?」

「丈とって言うか……僕、見ちゃって。丈がボクシングやってるとこ、初めて」

言いながら思い出してしまうとなお涙が止まらず、明信がしゃくり上げる。

「あんなこと続けてたらどうにかなっちゃうよ。だから僕、どうしてもやめて欲しくて、そしたら丈が……」

「丈が、俺と別れたらボクシングやめてくれるって言ったのか?」

宥《なだ》めるために背を摩って、龍は溜息をついた。

「違う。そんぐらいの……ことだって。丈にとってボクシングやめるってことが」

首を振って明信が、ただ聞かれるままに答えてしまう。

「だからおまえは俺と別れてもいいのか」

真顔で問われて、自分が訳がわからないまま龍に何を言ったのか思い知らされ、明信は唇を嚙み締めた。

「う……っ」

もう明信は何をどう考えたらいいのかわからない。

「……っく、……ううっ」

「あーもー、泣くな泣くな。おまえ今ちっと錯乱してんだどう考えても」

責めるつもりも本気に取るつもりもなく、子どもを抱え込むように明信を抱いて龍は髪に口づけた。

「見たらびっくりしちまったんだろ。少し落ち着けって。ああいうもんはよ、見た目ほどダメージでかくねえもんなんだよ。一応スポーツなんだから、ルールだってあんだし」

「……だけどっ、試合から帰ってくると丈いっつも土左衛門みたいな顔して」

「土左衛門見たことあんのかおまえ。だいたい……」

丈は勝つことが多いからあんな顔は増しな方だと考えなしなことを言いかけて、逆効果だと気づいて慌てて龍が口を噤む。

少し明信が泣き止むまでと、黙って龍はその体を抱いていた。

いつもの部屋でいつもの往来の音を聞きながら龍に抱かれて、ようやく、ほんの少しだけ明信の気持ちが凪《な》ぐ。

それでも顔を上げない明信の頭に顎《あご》を載せて、呆《あき》れる気持ちをやはり隠せはせず龍はまた溜息をついた。

「あいつは結構、やるぞ。俺結局試合全部観てっけど」

丈の味方をするのは不本意だったがこの件に関しては明信が過敏すぎると思わずにはいられ

ず、躊躇う口を龍が開く。

「才能もあんだろうけど、好きなんだろうなあ。ボクシング」

素直に明信は龍の言葉を聞かず、抱かれながら俯いている。

「俺は迷惑してっけど毎日ああやって走り込んで、ウエイトトレーニングして。どんだけ頑張ってるかおまえもそれはわかんだろが」

「だけど……」

「心配なのはわかるさ。それが当たり前の家族の気持ちだろうよ。俺だって心配だ、実際。大河も真弓も、志麻だって本当は心配でやめさせてえのかもしんねえ」

内心二人とも志麻に限ってそれはないと思ったが、口には出さない。

「でもそこは堪えなきゃなんねえとこじゃねえのか？」

「どうして？　だってあんな怪我《けが》して」

「丈は丈で、おまえじゃあねえんだぞ」

納得せず首を振った明信に、わからないのかと龍はゆっくりと教えた。

すぐには明信は、自分が何を咎められたのかわからない。

「明。たとえばな？　たとえば……それで丈が、試合中にもし、たとえばだぞ？」

余計に追い込むような言葉を使うのに躊躇って、譬《たと》え話だと龍は念を押した。

「死んだりしても」

短く切られた言葉に、明信の頬が凍るのに気づいて龍が掌《てのひら》で触れる。

「それは丈の選んだ、丈の人生なんだぞ」

「そんなの……っ」

逆上して、明信は掠《かす》れた声を上げた。

「そんなの僕は間違ってると思う！　死んだりとかしちゃうようなことスポーツなんかじゃないし、そんな可能性があるのなら止めるのが家族の義務でしょ!?」

「義務なんて言葉で自分ごまかしてんじゃねえよ。……どう生きたいかは、他の誰でもない丈が決めることだって話だ」

高ぶりには付き合わず、止まない明信の涙を龍が拭う。

「わかるだろ？　丈はおまえじゃねえんだよ」

「丈は……」

自分じゃない。そんな当たり前のことを反芻《はんすう》して、明信は呆然とした。

もうずっと前に明信は、いつも自分の指の先にいた手のかかる弟の、その手を放して背を見送ったつもりでいた。ほとんど自分と区別がつかないくらい子どものころは堅く手を繋《つな》いでいて、丈が転べば自分も痛いような気がしたし、丈に注がれる言葉を自分への言葉のように聞いたこともあった。

それは多分良いことではないと、いつからか気づいてはいた。手の先の弟から何かを、奪う。

彼が彼であるという自由を許さないほどの思いだと、明信は弟の手を、放したのに。

「僕じゃない」

まだ何処かで、当たり前のように干渉する気持ちが残っていた。干渉などという生易しいものではない。怪我も、傷つくことも、たとえば死も、丈の自由になどさせる気持ちは実のところ明信にはまだなかったのだ。

「……っ……」

「……親はみんなそういう気持ちなんだろうな」

今度は涙を咎めず、苦笑して龍は緩く明信を抱いた。

「丈をおまえは本当にかわいがったし、あいつは手がかかった。多少自分と区別がつかなくたってしょうがねえさ。でも」

髪を撫《な》でて、瞼に龍が口づける。

「いい加減卒業しろ。このまんまじゃあいつだってちゃんと気持ちが独り立ちできねえし」

外した明信の眼鏡を、龍は静かに飯台に置いた。

「おまえだって……丈の思いどおりには、生きてねえだろ？　もう」

濡れた明信の唇に、静かに龍が口づける。

抱かれて、明信は闇雲に龍の背にしがみついた。心細さと己を責める思いが一度に襲って、指が縋るものを探している。

子どものころ堅く繋いでいた手を、本当はまだ、見つけられる気がして。

——元気いっぱいでいい子なんだけどねえ……。

仕方なさそうに丈《じょう》の担任の若い女の先生が笑ったのが、それまで沢山重ねられた丈へのどの小言よりも明信《あきのぶ》には屈辱に感じられた。

——ちゃんと、付けさせますゼッケン。宿題もやらせます。雑巾だって。

——いいのよそんな無理しなくて。丈くんちが今大変なのはちゃんとわかってるから。

泣きそうになるのを、頬の内側を噛んで堪えながら明信は頭だけ下げて職員室を出た。

両親が逝《い》った年の、一学期の終わるころだ。

冬の終わりに両親が事故で亡くなって、四十九日も済まぬうちに兄弟は皆学年が変わった。教科書が揃《そろ》わず、体操着が整わず、何が何処にあるかもわからない。親戚が手を貸してくれたが姉は末弟を引き取ると何度か言われたのに反発して、一応在学していた女子校をやめてしまい働き出した。済まながった親戚の足が一時遠のき、本当に子どもだけの生活が始まってしまったのだ。

明信の体操着までは叔母がゼッケンを付けていってくれたのだが、丈のものだけがぽっかり忘れられていた。働きだしたら姉は家事を厭《いと》うて、仕方なく明信は安全ピンで付けてみたりしたが鬱陶しがって丈はすぐに取ってしまった。

そのうちに丈はゼッケンのない体操着の方がかっこいいと言い出し、豆腐屋のおばさんに付けてもらおうと明信が言ってもきかなかった。

——なんで、いうこときいてくれないんだろ……丈。

丈と明信は好対照の兄弟で、丈は人と違うことを好み、明信は人と違うことを厭うた。ましてやそのころはただでさえよそと違ってしまった家庭のことを持ち出されることが多く、だから手がかけられないのは仕方がないと言われるのが明信は家族への侮辱のように感じられた。姉や兄、亡くなった父母への。

——元気いっぱいでいい子なんだけどねえ。

そして苦笑いをした教師の言葉もとても真っすぐに受け止められるものではなく、弟を馬鹿にされたと明信は悔しかった。

——丈！　丈！

校庭で遊んでいる丈を見つけて、明信は闇雲に腕を摑んだ。

案の定丈は、独りだけゼッケンのない体操着で何処か得意げにさえしている。

——また怒られたよ僕、丈の先生に。朝テープでつけてあげたよね？　どうしてとっちゃうの？

――はがれちゃったんだよー。いいじゃんゼッケンなんかなくったって。なーんにも困んないよ。

なんの悩みもないような顔で丈は笑った。

頭に来て明信は、後ろで「一緒に帰ろうよ」と叫ぶ丈を置いてそのまま家に帰った。大河《たいが》が用意してくれた夕飯を食べているときもそっぽを向いて、いつも一緒に入っていた風呂も別々に入った。

両親が使っていた寝室をそのころ大河と真弓《まゆみ》が使うようになり、志麻《しま》は元々一階の部屋を一人で使っていたので、その夏急に明信と丈は部屋を分けられた。それまで大河が使っていた二階の八畳に明信が、丈と明信と二人で使っていた六畳に丈がと大河が決めた。

ずっと二人部屋だったのに一人一人になったばかりのときは寂しかったけれど、その日はせいせいすると明信は最初思った。丈は夜も騒いで怖い話に付き合わせたりするし、そのくせ気がつくとさっさと一人で寝ついてしまったりするのだから一人部屋の方が楽だ。

そう思いながら口をきかないまま布団に入って、いつまでも明信は寝つけなかった。

先生の言葉や、悔しく思った自分の気持ちや、後ろから自分を呼んだ丈の声が頭の中を何度も巡った。

――……あきちゃん、あきちゃん。

目を見開いて天井を見ていると、襖が小さく開かれた。

――起きてる？　ねえ。

――……起きてるよ。

呼びかけられた丈の声に、少しの不機嫌を覗《のぞ》かせて明信は答えた。

――トイレ、ついてきてよ。

――なんで。

――だってなんかお線香の匂いしてさ。

言ってから不謹慎だと思ったのか、小さく丈はそれでも「怖いんだもん」と言った。

――しょうがないなあ、もう。

渋々という素振りで、明信は丈に付き合って下に降りた。

――お父さんとお母さんなんだよ、丈。

居間に新しく置かれた仏壇を丈が怖がっているのがわかって、明信は言った。

――うん……わかってるんだけどさ。

――でもぼくもちょっと、ほんとうは怖い。

萎れた丈に、明信は苦笑した。

振り返って丈は、小さな手をきつく繋いで笑った。

丈のトイレが済むのを待っている間、確かに線香の匂いが気になってなんだか明信も怖くなった。新盆が済んだばかりだ。両親の霊が現れてくれるなら嬉しいけれど、暗い廊下を見ているととてもそんな期待はできない。

手を洗っている丈の側に寄り添って、明信は無言になった。

階段を上がって、向き合った襖の前で足を止める。おやすみと言おうとして、明信は言い出せない。

——……あきちゃん。

ぎゅっと、丈は小さな手を握ってきた。

——今日だけいっしょに寝ちゃだめ？

——……今日だけが何回つづくの、丈。

溜息のように言って仕方ないという素振りで、「今日だけだよ」と、明信は頷いた。

部屋を分けられてもそれに慣れずに、二人はしばらくそんな風に一緒の布団で堅く手を繋いで眠った。何があっても離れないようにきつくきつく手を繋いで布団の中で丸くなって、朝起こしに来た大河に揶揄われた。

——なんか出たら、オレたたかうからねあきちゃん！　うしろにかくれててだいじょぶだからね！

トイレについて来てと言った丈は、一緒の布団に入ったら強気になってそんなことを言った。

——うん。かくれてるね。退治してね、丈。

くすりと頬が綻《ほころ》んで、今日初めて笑ったことにも気づかないまま明信は丈と寄り添って眠った。まだ十歳と八歳の幼い兄弟は、そのころ寄る辺のない小船に乗せられたかのようにいつも心細かった。

姉は遅くまで仕事に出て、帰ってくるのは朝方だった。頼み事をできるのは休日ぐらいだったけれど、姉も疲れ切っていて面倒なことはきいてくれなかった。志麻に怒鳴られて泣いていた明信に龍《りゅう》がゼッケンを付けてくれたのは、そのときだ。

やっとしっかりとゼッケンの縫い付けられた体操着を、明信は勇んで丈のところに持って行った。日曜日だったけれど早く見せたくて、そのころ丈が通っていた極真空手の道場に明信は走って行った。

——どうしたの？　あきちゃん。ここくんのヤダって言ってたじゃん。

三日丈に付き合って通ったけれどやめてしまった明信が訪れたことに驚いて、丈は稽古《けいこ》を抜けて道場から出て来た。白い胴着も少し綻んでいて切ない。これも龍に縫ってもらえないだろうかと思いながら、明信は体操着を差し出して見せた。

——ちゃんと、縫い付けてあるよ丈。もうこれでみんなとおんなじだよ。

実際、そのとき明信の手は傷だらけだった。手に余る針で自分で付けてみようと、何度か試みてはいたので。

——……ごめん、あきちゃん。

少しきょとんとしてから、済まなさそうに丈は明信を見た。

——オレぜんぜんへいきだけど、あきちゃんみんなと違うのはずかしかったんだね。

そのことに気づかなくてごめんと、明信のことは少しも咎めずに丈は謝った。

——これからはずっとちゃんとつけてるよ。ゼッケン。あきちゃんがこんなにいっしょうけんめいつけてくれたんだもん。

痛ましそうに傷を見て丈が体操着を受け取ったので、龍が付けたと明信は言い出せなかった。耳が、赤くなるのを明信は感じた。

教師や、大人たちや同級生に丈のことを言われる度、明信は腹を立てた。苛立《いらだ》ってどうしても、皆が丈に足りないというものを埋めようとした。それは丈のためだと明信は思い込んでいたけれど、そうではなかったのだ。

——恥ずかしくなんか……。

自分が責められているような気持ちになった。一人だけゼッケンのない体操着でいつまでも授業を受けている丈を見かけると、自分がそうしているような恥ずかしさに目を背けていた。なんでも丈のためと思いながら、自分と区別がついていなかったのだ。

——恥ずかしくなんかないよ……丈。

両親が亡くなってから初めて弟の前で、明信は泣いた。

後から溢《あふ》れてくる涙をどうすることもできなかった。ただ丈に済まなくて、ごめんと言いな

がら今どれだけ丈が傷ついただろうと思うと溜まらなかった。弟のその奔放さや大らかさは、明信の自慢だったのに。人がどう思うかということに囚《とら》われて負けた自分が明信はやり切れなかった。

——どうしたのあきちゃんっ、誰かにいじめられたのか!?

突然泣き出した兄に、慌てふためいて丈は明信の肩を揺すった。その手にはしっかりと体操着を摑んで丈は決して放しはしなかった。

——オレ仕返ししてやるよ。ぜったいもうあきちゃんのこといじめさせないよ。どこのどいつだよ！　なああきちゃんっ。

泣いてしゃくり上げて何も言えなくなった明信に、言いながら丈もしまいには泣き出してしまった。

最後には訳もわからなくなって、支え合って二人で泣いた。

どうしてそのとき自分が泣いてしまったのか何度も丈に聞かれたけれど、明信はとうとう弟にはそれを言えなかった。

「あのころから僕……結局なんにも進歩してなかったのかなあ」

早朝の往来の音を聞きながら、夢の中で会った子どものころの自分を思って、ぼんやりと明《あき》信《のぶ》は呟いた。

丈《じょう》のことを自分のことと区別せずに考えていた、手を繋いでいたころの気持ちのまま、弟の一番大切なことを許さずにいたのかと思い知るとやり切れない。

謝らなくてはと顔を上げて、自分が裸で後ろから龍《りゅう》に抱かれていることにようやく明信は気づいた。ここは花屋の二階だ。

「な……なんで!?　こんなことしてる場合!?」

がばりと起き上がり、いつの間にこんなことになったのかと、泣いて錯乱していた昨日の記憶を辿《たど》る。

飛び出して来たまま泊まってしまったのかと、大慌てで明信は散らばった服を着込んだ。

「……悪ぃ」

目を覚ました龍が煙草を取って、横たわったままお座なりに謝る。

「俺も昨日はどうかと思ったんだけどよ……慰めてるうちに、つい。な」

「……その、つい、って改まんないの？」

「だってよう」

いつまで丈のことで泣いている明信を慰めればいいのかと途中で腹が立って来たことは、さすがに大人気ないので龍も言えなかった。

「後家さんの香水、忘れてないからね。僕」

憎まれ口をきいて明信が、取り敢えず帰らなくてはと立ち上がる。

「なんだよもう行くのか？」

「丈がきっとすごく心配してるから」

「おい……」

何も気持ちは変わっていないのかと、溜息交じりに煙を吐いて龍が咎めた。

「……大丈夫」

立ち止まって、苦笑して明信が龍を振り返る。

「反省した。ちゃんと」

「……ったく、仲のいいご兄弟で」

言いながら足が家に向かって急《せ》いているのに気づいて、龍は肩を竦めた。

「弟だってわかっててても妬《や》けるもんだぞ」

「また後で、来るから」

宥めるように言って、明信が手を振る。

階段を降りながら、龍の存在に明信は感謝した。昨日言われた言葉も、龍という存在がなければ、今もわからなかったのではないかと思う。自分で選んだ、代え難い何かを手にしていなければ、結局は丈の抱えたものから目を逸らすばかりでちゃんとは向き合うことはできなかった気がした。

「……眩《まぶ》し」

合鍵で裏口の鍵を閉めて往来に出て、東から差す朝日に目を細める。

まだ早すぎる朝だったけれどきっと丈は寝ずに待っているだろうと、走って明信は商店街を抜けた。

家に近づくと案の定、門の前に丈が座り込んでいる。

駆けて来た明信を見つけて、丈は一瞬安堵《あんど》してからふて腐れたような顔を作った。

「どうせ龍兄のとこだとは思ったんだけどよ……」

立ち上がり膝を払って、新聞受けから丈が新聞を取る。

「泣いて飛び出してって帰って来なかったら心配すんだろ?」

「ごめん」

頭を下げて、明信は真っすぐ丈に謝った。

「もういいよ……明ちゃん、髪やって」

ぼやきながら家に上がって、丈が少し伸びた金髪を指さす。

「刈るの?」

洗面所に行った丈の後について、明信は廊下を忍び足で歩いた。

「今度の試合金髪で威嚇《いかく》しようかと思ったんだけどさ、そんなんじゃなくてもいけそうだからさ」

試合というのを少し躊躇って、丈が洗面台の前に立つ。

「刈ってよ、明ちゃん」

「……椅子、取って来る」

俯いて言った丈に頷いて、明信は台所から椅子を取って来た。

子どものころからいつもそうして来たように、洗面台の床に明信が新聞を敷いて椅子に丈が座る。古いビニールのケープを掛けてやって、これも使い込んでいるバリカンを洗面台の下から明信は出した。

「金髪のとこ、全部刈っちゃっていいの？　坊主っぽくなるよ」

「いいや。眉毛も伸びてきたしさ」

いつものような会話をしても、けれどぎこちなさはまだ充分に残っている。

しばらくは無言で、明信は丈の髪を刈った。初めてやったときは虎刈りにしてしまって、丈は泣いて怒った。けれどすぐに気に入って虎だとはしゃいだことも、明信は昨日のことのように思い出せる。

「オレ……がんばってんだ。明ちゃん」

不意に、ぽつりと丈は言った。

真っ赤な明信の目を鏡越しに見てなお、認めると、許すと兄に言って欲しいのだ。

「……丈」

渡せる言葉を、明信は探した。

次の試合は観に行くよと、明信は喉元までその言葉を呼ぶ。きっと丈もそれを待っている。

言わなくてはと、明信は頑なな唇を開いた。

「どんなに勇気を振り絞っても、僕は丈が殴られてるとこ見ることはできない」

けれどまるで違う言葉が、口をつく。

「ごめんね、僕は意気地無しだ。弟がこんなに頑張ってるのにそれを見てあげられないなんて」

「……いいよ。わかってる。オレわかってるよ明ちゃん」

だけどそれが兄の正直な気持ちで、深い愛情だと、いまさら丈も疑いはしなかった。

「でもみんなが、おまえのことすごいって言ってる。達《たつ》坊のお父さんは世界チャンピヨンになるって言ってるって」

笑おうとして、明信の声が掠れる。

「おまえは子どものころから強くて勇気があって」

無理はあきらめて明信は、揃わない髪にハサミを入れながら静かに声を聞かせた。

「沢山の人がそれを知ってくれてるのが……嬉しいよ、僕」

素直な、嘘のない気持ちを。

それはずっと自分の願っていたことだと、ふと、明信は気づいた。やさしい、素直な弟の良いところは、時に奔放さの陰に隠れて人の目につかなかった。奇矯な行動を誰かが笑う度に、明信は本当にそれが嫌だった。自分の良く知る弟を、みんなにもわかって欲しかった。

「がんばって、丈」

それが精一杯の、明信に言える言葉だった。

俯いて丈が、唇を嚙み締める。

消え入りそうな声が「ありがとう」と、言って。

二人はしばらく、何も言葉にすることができなかった。

「……明ちゃん」

長く下を向いていた丈が、手元ばかり見て髪を刈っている兄を不意に呼ぶ。

「虎だよ、虎！」

情けなさそうに鏡を見て、丈は頭を指した。

「あ……っ」

短く刈り込んだ頭の横が、どう見ても縞《しま》になっていることに明信も気づいて手を止める。

「ひってえなあっ、もう！　ガキのころ以来だよこんなのっ」

「ごめんっ、ホントごめん!!」

歯を剝いた丈に、大慌てで明信は謝った。

「直すからっ、座って！」

「もう……」

「なんや」

座り直した丈とハサミを持ち直した明信に、洗面所の戸口から声がかけられる。

仕事で朝の早い勇太《ゆうた》が、半眼で二人を見据えながら遠慮なく踏み込んで顔を洗った。

「仲直りかいな」

「……っまに」

タオルを取って顔を拭き、勇太がなおも冷たい目で二人を見る。

「人騒がせやな。二十歳も過ぎてええ加減にせえや、このブラコン兄弟が」

もっともな文句を言って、まだ十八の青年は洗面所を去って行った。

昨日の醜態を思えば、明信はただ恥じ入るしかない。

ふと戸口を振り返るとそれなりに寝つきの悪い夜を過ごしたのだろう大河《たいが》と秀《しゅう》と真弓《まゆみ》が、勇太と同じ言葉を湛《たた》えた瞳で明信と丈を見ていた。

「本当に……ブラコンでごめんなさい」

もはやほかに言いようはなく、率直に明信が謝る。

救い難い言葉を聞かされて、三人は溜息とともに戸板に縋りついた。

あとがき

大河と秀の話はいつもいつも結構書くのに苦労しますが、これは割りと、私的には一歩前進のような気もして好きなんですが……秀が大変憎たらしゅうございましたね。子どもから大人への過渡期なので勘弁してやってくださいまし。しかしたまには秀の方が大河に酷い目にあわされる話も書くべきかもしれません。

前にも書きましたが、秀は私からは一番遠い感じの小説を書く仕事をしている人です。全部が全くの逆だという訳ではありませんが、「こういう人いるのかなあ……」と思いながら書いております。

書き手を二種類に分けると自分は後者だと秀は言ってますが、わかっていないだけで本当は前者なのだろうとも思います。そしてこれは私の中の裏設定というやつなのですが、秀には一人だけ同業者の知り合いがいるのです（友達ではありません）。前に話にちらと出て来た大学の先輩で文学畑にいる人です。その人が「なんの苦もなく僕は指先からさらさらさら文章が流れ出てくるけど、君は違うのかい？」と言いながらブランデーをぐるぐる回すので、秀は作家というものは皆そうだと思い込んでいるのです。あまりに余計な話なので今回の話にはその秀の奇妙な思い込みの理由については書きませんでしたが、そういうことです。

そういえば前回書き忘れましたが……、「末っ子の珍しくも悩める秋」で大河がおにぎりを握ったまま倒れているくだりは、以前徳間書店の編集さんから伺った実話です。切ない。悲しい。ごめんなさい。精進します。今回も大河は、ただただ大変……。

ブラコン兄弟は、実はこの二人が一番普通にブラコンなんでないのかしらねーと前々から思っていたので書いてみました。子どものころの話とかもっと書きたいです。

あ！　そういえばもう一つ。前回のあとがきで私の書き方が誤解を招き、「龍と明信の話はもう書かないとはなにゆえに」というお便りを結構沢山頂きました。あれは、最後に二人がどうなるかということまでは書かないかもしれないという意味でございます。また機会があれば書きますので、待っててやってください。曖昧な表現をしてすみませんでした。

今年はあまりに駄目な私で、担当の山田さんと二宮《にのみや》先生にはいつにも増して多大なご迷惑をおかけしてしまいました。この文庫が出るのも本当に、お二人のお陰です。ただただ感謝です。ありがとうございます。

十一月発売の『小説キャラ』に「晴天」の番外編を書きました。二宮先生が起こしてくださった新キャラがすっごく気に入っています。是非読んでやってください。

それではまた会う日まで。良いお年を。

猫と寒がりつつ、菅野《すがの》彰《あきら》

この本を読んでのご意見、ご感想を編集部までお寄せください。

《あて先》〒105−8055　東京都港区芝大門2−2−1　徳間書店　キャラ編集部気付
「君が幸いと呼ぶ時間」係

Chara

君が幸いと呼ぶ時間

【キャラ文庫】

■初出一覧
君が幸いと呼ぶ時間……小説Chara vol.6（2002年7月号増刊）
ザ・ブラコン・ブラザーズ……書き下ろし

2002年12月31日　初刷
2006年8月10日　3刷

著者　菅野 彰

発行者　市川英子
発行所　株式会社徳間書店
〒105-8055 東京都港区芝大門2-2-1
電話03-5403-4324（販売管理部）
03-5403-4348（編集部）
振替00140-0-44392

印刷　大日本印刷株式会社
製本　株式会社宮本製本所
カバー・口絵　近代美術株式会社
デザイン　海老原秀幸

ISBN4-19-900255-3

少女コミック
MAGAZINE

Chara［キャラ］

BIMONTHLY
隔月刊

「毎日晴天！」シリーズ「チルドレンズ・タイム」

原作 菅野 彰 & 作画 二宮悦巳

「幻惑《やみ》の鼓動」

原作 吉原理恵子 & 作画 禾田みちる

イラスト／二宮悦巳

イラスト／禾田みちる

……豪華執筆陣……

峰倉かずや　沖麻実也　麻々原絵里依
杉本亜未　今 市子　やまかみ梨由　円陣闇丸
獸木野生　TONO　辻よしみ　有那寿実　反島津小太郎etc.

偶数月22日発売